Gilles Ruel

D1322378

Le Fugueur

Éditions de la Paix

Gouvernement du Québec
Programme de crédit d'impôt pour l'édition de livres

Gestion SODEC

Le Conseil des Arts   The Canada Council
du Canada   for the Arts
depuis 1957   since 1957

Nous remercions le Conseil des arts du Canada de l'aide
accordée à notre programme de publication.

Nous reconnaissons l'aide financière
du gouvernement du Canada par l'entremise
du Programme d'aide au développement
de l'industrie de l'édition (PADIÉ) pour nos activités
d'édition.

Gilles Ruel

Le Fugueur

Collection Ados/Adultes, no 29

Éditions de la Paix

Pour la beauté des mots et des différences

© **2005 Éditions de la Paix**

Dépôt légal 4e trimestre 2005
Bibliothèque nationale du Québec
Bibliothèque nationale du Canada

Imprimé au Canada

Illustration Serge Lacroix
Graphisme Éclypse Images
Révision Isabelle Marcoux – J. Archambault

Éditions de la paix
127, rue Lussier
Saint-Alphonse-de-Granby
Téléphone et télécopieur (450) 375-4765
Courriel
Site WEB

**Données de catalogue avant publication
(Canada**

Ruel, Gilles
   Le fugueur
   (Collection Ados/adultes ; 29)
   Comprend un index.
   ISBN 2-89599-027-1
   I. Titre. II. Collection: Ados/adultes ; no 29.
PS8585.U492F83 2005 C843'.6 C2005
941701-3
PS9585.U492F83 2005

À ma nièce Claudia,

lui souhaitant que la vie

soit toujours bonne pour elle.

Chapitre premier

Non, pas cette piqûre !

Non, je te le jure, je ne suis pas fou ! Ici, on me traite comme si je l'étais... Mais moi, je le sais, j'ai toute ma tête.

— Hé monsieur, vous pouvez me dire l'heure ? que je lance aux deux hommes, vêtus de blanc, passant devant la porte de ma chambre.

C'est toujours la même chose. Je suis certain qu'ils m'ont entendu, mais ils font la sourde oreille. Il ne faut pas que j'élève la voix, car ils prétendront que je suis en crise et ils me feront une piqûre. Je déteste ces piqûres et aussi tout ce qu'ils me disent. Ils me traitent de n'importe quoi. Je suis certain qu'ils me détestent. J'ignore ce qu'ils m'injectent, mais après quelques minutes, une chaleur intense m'envahit et, presque en même temps, ça commence à tourner dans ma tête. Je deviens bizarre et, juste avant de tomber dans les vapes, il y a toujours cette pierre énorme qui m'écrase le thorax et me coupe le souffle. À l'époque où je prenais de l'acide, j'ai fait un *bad trip* qui ressemblait à ça. Quand cela m'arrive, j'ai tellement peur. Ma gorge se noue, j'essaie de crier, mais pas un seul son ne sort. L'angoisse me gagne et, chaque fois, je suis certain que je vais mourir. Je ne veux pas de cette piqûre, je ne veux pas dormir de cette façon. Non, je ne veux plus penser que je vais mourir.

Je m'appelle Flac et j'ai dix-neuf ans. Flac, je suis certain que tu l'as deviné, ce n'est pas mon vrai nom, c'est un surnom. Je me nomme Michaël Dorais, mais depuis la maternelle, on m'appelle Flac. Flac d'eau. Pas très subtil. Au début, je me fâchais. Je piquais des colères terribles. Je voulais me battre avec tous ceux qui ridiculisaient mon nom. Un nom, c'est important. Un jour, je me souviens, j'étais en troisième année, je suis revenu à la maison après une bagarre qui avait laissé des marques sur mon visage et mes vêtements. Mon père m'a fait comprendre que l'intérêt pour mes copains de me taquiner venait du fait que je me fâchais. Que le jour où ces taquineries me laisseraient indifférent, elles cesseraient d'elles-mêmes. Qu'elles s'estomperaient, comme les cercles concentriques que forme la pierre en tombant dans l'eau. Qu'il valait peut-être mieux en rire. Sûr que ce n'est pas du jour au lendemain que je me suis habitué à cette façon d'être interpellé, mais après un certain temps, cela ne me faisait presque plus rien. J'ai même commencé à aimer ça. Ça me donnait une personnalité.

Je ne sais pas où tu habites. Moi, j'ai été élevé au bord de la mer. Tu l'as déjà vue, la mer ? Moi, de la fenêtre de ma chambre, je la voyais. Une mer immense, une mer tellement grande que même si je m'arrachais les yeux pour voir le plus loin que je pouvais voir, je n'ai jamais vu de l'autre côté. Une mer avec des bateaux énormes. Des navires plus grands que des maisons. Des navires qui engouffrent des centaines de tonnes de marchandises avec des marins tellement nombreux qu'il est impossible de les compter. Elle était si belle, et moi, je l'ai quittée.

Depuis des semaines, je suis assis dans cette chambre du centre de réhabilitation psychiatrique de Loumie-sur-Mer. Tu sais c'est quoi, un centre de réhabilitation psy- chiatrique ? Oui ! Tu as raison de penser que j'ai de bonnes raisons d'être là. Mais je te le jure, je ne suis pas fou. Ce qui m'arrive est pire encore. C'est imprévisible, inattendu, soudain et impossible à contrôler. Selon le docteur Fripon — lui, c'est mon psy —, je souffre de dérèglements épisodiques qui me rendent dangereux.

J'ignore depuis combien de temps je suis enfermé dans cette chambre, mais ça fait longtemps, trop longtemps que je suis vissé à ce fauteuil. Un fauteuil percé qui me permet de satisfaire certains besoins naturels. Comme les messieurs en blanc ne passent pas souvent pour vider le seau qui est dessous, ça sent souvent l'urine et même pire… Pour ça aussi, il vaut mieux que je ne me rebelle pas. Une bande de cuir me retient assis. Elle est tellement serrée que j'ai peine à respirer. Des sangles rivent mes poignets aux bras de ce fauteuil. Mes jambes aussi sont immobilisées. Quand vient l'heure des repas, on me détache une main, une seule, pour me permettre de manger. Pendant que je suis partiellement détaché, une personne me surveille en permanence. Pas question de lambiner. On me détache pour manger et il faut que je mange ! Dès que j'ai terminé mon repas, ma main est à nouveau fixée au bras de mon fauteuil. Mes poignets sont rouges et sensibles. Ce n'est pas uniquement parce que les attaches sont trop serrées, mais c'est surtout parce que les premiers jours, j'ai tellement forcé pour m'en défaire que je me suis blessé. Chaque fois que je vois l'un de ces préposés à l'air austère, je lui répète que mes poignets sont meurtris. Il rétorque que c'est ma faute. Moi, je sais que je ne suis pas complètement responsable.

Le docteur Fripon me l'a dit, j'ai parfois des disjonctions. Une disjonction, c'est comme en électricité quand des fils se touchent et occasionnent un court-circuit. C'est ça qui se passe dans ma tête. Lorsque cela arrive, je deviens violent, très violent. La dernière fois que cela s'est produit ici, j'ai presque étranglé un de ces préposés à l'air austère. J'ai beau jurer que je ne m'en souviens pas, mis à part mon psychiatre, les autres maintiennent que je joue un jeu. Que je suis un menteur, un vicieux, un dangereux. On me l'a dit plus d'une fois, aussi longtemps que je serai là, je resterai attaché.

Quand certains d'entre eux sont seuls avec moi dans ma chambre et que la porte est fermée, ils me passent leur main au visage après l'avoir passée sur le plancher ou dans la raie de leurs fesses. Ils me donnent des coups au ventre et, non contents de me torturer, ils m'insultent en me traitant de petite merde et de bien d'autres choses encore. Le pire de tous, c'est Gérard. Il a un sbire, qui le suit comme un chien de poche et qui fait tout ce que ce sadique lui ordonne. L'autre jour, il lui a dit d'appuyer très fort sur mon pénis avec son genou. Il l'a fait ! J'ai bien essayé de crier, mais je ne pouvais pas, il me bâillonnait avec sa grosse main sale. Une autre fois, Gérard a enlevé une de ses chaussettes et il me l'a enfoncée dans la bouche. Il me pinçait les narines et lorsque j'étais à deux cheveux de tomber dans les pommes, il enlevait sa chaussette puante et riait pendant que je toussais en essayant de reprendre mon souffle. Il ne faut pas que je parle, que je me plaigne de ces mauvais traitements, car la brute m'a dit que personne ne me croirait et que si je pensais avoir eu mal, je n'avais encore rien vu.

Quand ils me disent et me font ces choses, ça me terrifie et cela me fait de la peine. Même si je suis psychiatrisé, je demeure un humain. Pourquoi ce Gérard et les autres travaillent-ils dans ce centre s'ils n'aiment pas les malades ? Ils devraient comprendre que je suis malade au lieu de prétendre que je joue la comédie. « Prétendre que je joue la comédie », plutôt l'affirmer. Moi, je sais que je ne joue pas la comédie et je sais aussi que je ne suis pas tout ce qu'ils disent. Quand cela m'arrive, ce n'est pas ma faute. Ce n'est pas moi qui décide des disjonctions qui se passent dans ma tête. Je ne sais trop qui je deviens, c'est comme le docteur Fripon me l'a dit : « Je ne suis plus moi, je deviens un autre. » Mais c'est moi qui suis attaché à ce fauteuil. C'est moi qui paie.

Pourquoi suis-je interné dans ce centre ? Je pourrais te dire que je l'ignore, mais là, je te mentirais. Et mentir, je sais que ce n'est pas bien. Si je veux qu'un jour tu deviennes mon ami, il faut que je te dise la vérité, toute la vérité. Même si parfois elle n'est pas jolie, je vais te la dire. Quand tu sauras tout de moi, alors tu choisiras. Tu décideras si tu veux ou non être mon ami. L'important, c'est qu'en aucun temps tu t'y sentes obligé. L'amitié, c'est beau parce que c'est gratuit. On ne devrait jamais avoir de raisons d'être l'ami de quelqu'un, sauf parce qu'on l'aime.

Ce qui m'a amené ici... Tu sais, quand des fils se touchent, que ça s'embrouille dans ma tête... C'est en raison de l'un de ces moments et c'est par ordre du tribunal que je suis ici. J'ai fait une chose horrible, tellement horrible ! L'avocat de l'aide juridique qui avait été assigné à ma défense à mon procès m'a expliqué que le juge avait décidé de me faire interner dans ce centre. Il croyait qu'en me faisant traiter, j'avais de bonnes chances de me réhabiliter et de revenir à une vie normale. Mon avocat m'a dit que j'avais eu de la chance, car dans un pénitencier, en plus de ne pouvoir aspirer à une libération conditionnelle avant vingt-cinq ans, je n'aurais pas eu le docteur Fripon pour me soutenir et m'encourager. D'une certaine manière, je dois reconnaître que le juge a été bon pour moi. Vingt-cinq ans. Tu te rends compte ? Vingt-cinq ans de ma vie enfermé entre quatre murs ! Je suis certain que là, je serais devenu fou.

Il me semble que je ne suis pas un mauvais gars. J'aime tout le monde, du moins presque... C'est juste lorsque cela se trouble dans ma tête que je deviens violent. Si ce n'était pas de ces fichues disjonctions, je serais presque guéri.

Quand je me suis réveillé en cellule, je me suis demandé ce que je faisais là, derrière les barreaux. Sans doute une autre rafle que ces bonshommes avaient faite, que je me disais. Ils aimaient bien, de temps à autre, venir vider le *squat* et nous mettre en dedans pour quelques jours. Je me souvenais vaguement d'avoir bu de la *baboche* avec d'autres sans-abri que je connaissais à peine et d'être allé dans une piquerie. Mais à partir de là, je ne me souvenais de rien, le néant. Ce qui me surprenait, c'était que j'étais seul dans ma cellule. Ça, c'était inhabituel, mais je ne m'en faisais pas plus qu'il ne fallait. J'étais tellement amoché ! La tête voulait m'éclater et j'étais en état de manque. Allongé sur mon lit, les yeux mi-clos, j'essayais d'oublier ce besoin de consommer qui me torturait. Impossible ! Cette idée était comme une obsession. Je ne pensais plus qu'à une chose, sortir de ce trou.

C'est à ce moment-là que des pas lourds, lourds comme ceux des géants qui font trembler la terre, se sont approchés de ma cellule. Sans même ouvrir les yeux, je l'ai reconnu. Le sergent Devost. Il s'est immobilisé. J'ai ouvert les yeux et je l'ai vu, énorme, planté là, à une dizaine de pieds de moi. Il me regardait, le regard pénétrant, intimidant, impressionnant.

— C'est quoi ton problème, gros bovidé ? que j'ai demandé à ce représentant de la loi.

— Moi, je n'en ai pas. Mais toi, le jeune, tu en as un maudit gros.

— Explique ! que j'ai répliqué, sur un ton arrogant.

— Là, t'as dépassé tes petites conneries habituelles. Tu as tué un gars, un jeune de ton âge.

— T'es fou, gros porc ! Je bamboche, je barbotte, je *sniffe*, j'me pique, mais je ne suis pas un assassin. Je n'ai jamais tué personne.

— Pauvre type ! a-t-il dit en tournant les talons. Tu viens de foutre ta vie en l'air pour une maudite piqûre.

Je paniquais ; c'était impossible, je m'en souviendrais. J'étais certain que le gros voulait m'effrayer, me donner une leçon, comme il le disait souvent.

J'ai questionné d'autres gardiens et la réponse était la même. Était-ce possible ? J'avais commis un crime hideux et je ne m'en souvenais pas.

C'est inimaginable, tant que ça ne nous est pas arrivé. Moi le premier, je jurais à tout vent que c'était impossible. Une personne ne peut pas en tuer une autre et prétendre qu'elle ne se souvient de rien. Ce serait trop facile. C'est pourtant ce qui m'est arrivé. Je te le jure, même aujourd'hui, je ne m'en souviens pas !

Les deux enquêteurs qui sont venus me voir, le même après-midi, me l'ont confirmé. Ce n'était pas une supercherie du sergent Devost, c'était la triste vérité ; j'avais tué un jeune de mon âge. Ils avaient en main des déclarations de témoins oculaires. Ils voulaient dire des personnes qui étaient au même endroit que moi au moment du crime.

Je n'ai connu les détails de cette sordide affaire que lors de mon procès. Les divers témoignages ont révélé que l'événement s'est produit dans une piquerie. Selon trois témoins, que je n'avais jamais vus, que je ne connaissais ni d'Ève ni d'Adam, c'est sans raison apparente que j'ai sauté sur le gars et que je l'ai tabassé d'une façon démentielle. Ce qui est terrifiant, c'est que je n'ai pas souvenance de mes gestes, de ma violence. Et c'est ça, mon problème ! Lorsque je disjoncte, je ne me souviens jamais de ce qui est arrivé. Il faut que tu me croies, c'est la stricte vérité.

Je ne suis pas fou, mais je suis dangereux. Peut-être suis-je fou. Un fou qui s'ignore. Un fou dangereux. Non, il ne faut pas, car cela voudrait dire que je passerai toute ma vie dans cet hôpital. Non, plutôt mourir ! Heureusement que j'ai mon psychiatre, le docteur Fripon. Il dit que je suis un cas intéressant, qu'avec une médication appropriée et quelques rencontres qui m'aideront à mieux me comprendre, je vais m'en sortir. Il ignore dans combien de temps ; pour lui, le temps importe peu. Je pourrais dire que ça paraît que ce n'est pas lui qui est attaché à ce fauteuil, mais comme il est mon meilleur allié, je ne vais pas commencer à le critiquer. Je vais faire comme il me dit, prendre mes médicaments et le laisser se charger du reste.

Quand j'étais jeune, je ne pleurais jamais. Par contre, j'en ai fait brailler plusieurs, surtout ma mère. C'est triste à dire, mais j'étais fier d'avoir le cœur dur comme une roche. Même les larmes de ma mère ne me dérangeaient pas. Je m'étais juré que je ne pleurerais jamais. Fallait-il que je sois con pour faire un tel serment !

Depuis que je suis ici, quand je pense aux raisons qui me retiennent dans ce centre de réhabilitation psychiatrique, les écluses s'ouvrent, et je pleure à m'en fendre l'âme. Mon enfance me rattrape. Je reprends le temps où je ne pleurais jamais. Attaché à ce maudit fauteuil, même si je ne le veux pas, des larmes sillonnent mes joues. Impossible de les maîtriser. J'ai mal à la tête, mes yeux brûlent, j'ai la morve au nez, je respire le dégoût, mon cœur menace de sauter. Je n'ai plus d'orgueil, plus aucune dignité et, pour comble, ces messieurs sarcastiques et austères me ridiculisent en me traitant de fillette, de braillard et même de pédale.

Combien de temps vais-je rester ici, attaché à ce fauteuil ? J'ai beau fouiller dans ma tête, je ne peux me rappeler si le juge a spécifié la durée de mon internement dans ce centre de réhabilitation. Combien de temps ? Je m'affole. Pas toute ma vie ! Ça ne se peut pas. Le juge me l'aurait dit. J'aurais choisi la prison. Je perds le contrôle, je crie à m'époumoner.

— Vite ! crie un préposé qui passe devant ma porte, Dorais est en crise !

En moins de trente secondes, un infirmier se précipite, une seringue à la main.

— Encore une crise, Dorais, faut croire que tu l'aimes, ta piqûre ! Tu ne seras pas déçu ; elle est plus forte, la roche sera encore plus pesante. Il ne faudrait pas qu'elle t'écrabouille… un si bon patient !...

Pendant qu'il débite son boniment, le préposé qui me tient le bras appuie son avant-bras sur ma gorge. J'ai peine à respirer.

— Mais ça, impossible de le savoir d'avance. C'est peut-être avec cette piqûre que tu vas crever, Dorais. Je suis certain que de l'autre bord, tu ne seras pas seul. Le gars que tu as tué t'attend sûrement avec son gang. Ça va être ta fête, Dorais, enchaîne-t-il, pendant que l'aiguille me transperce le bras.

Il va me rendre fou. Il sait que j'ai la trouille. Je veux qu'il se taise. Que l'autre enlève son avant-bras de ma gorge et qu'ils sortent de ma chambre. Je sais que je vais devenir en sueur, qu'une énorme pierre m'écrasera le thorax, que je vais penser mourir et que, finalement, je vais dormir. Je déteste dormir de cette façon, car je ne sais jamais si je vais me réveiller. Je pleure maintenant des torrents de larmes. Ce n'est plus de la peine, c'est de la rage. Ils n'ont pas le droit de me faire ça ! Je le sais, mais ici, je n'ai plus de droits.

Mes muscles se tendent, je veux casser les sangles qui me retiennent. J'ai peur, horriblement peur. Je ne veux pas mourir attaché à ce fauteuil. Malgré tous mes efforts, mes forces me quittent ; malgré ma lutte, je sombre. Je ne veux pas dormir..., mais, une fois de plus, ce sont eux, les gagnants.

CHAPITRE 2

Peut-être une amie ?

Combien de temps ai-je dormi ? Je l'ignore. Tout ce que je constate, c'est que maintenant il fait nuit noire. Une nuit d'encre, comme dirait mon père. Une nuit où on ne voit plus sa main. Une nuit à effrayer même les loups.

J'ai mal à la tête. On dirait que des mains me poussent de l'intérieur, qu'elles veulent sortir en me défonçant les tympans. Je voudrais appeler, mais je n'ose pas. Si je crie, ce sera une autre piqûre. Pas question, je vais endurer, en silence…

Ce mal de tête me rappelle ma levée du corps au lendemain de mon premier joint. Je m'en souviens comme si c'était hier. Buz et Patche avaient organisé une partie de pêche au bord de la rivière. Comme toujours, ils avaient apporté quelques bières. Chaque fois que j'étais avec eux, j'en prenais. Je ne raffolais pas du goût, mais je trouvais que ça faisait de moi un homme, comme eux. Sûr que ce n'était pas moi qui l'achetais, j'étais beaucoup trop jeune. Mais très souvent, c'était moi qui la payais. Que n'aurais-je pas fait pour conserver l'amitié de ces deux types plus âgés que moi ?

Cet après-midi-là, j'avais bu trois bières et j'avais fumé mon premier joint. Je ne peux pas dire que j'avais trouvé l'effet super, mais comme mes amis se tordaient de rire à la moindre blague, je feignais la même hilarité, juste pour faire comme eux. J'avais à peine onze ans. Plus précisément dix ans, neuf mois et quelques jours. Ma mère, en me voyant la binette, avait eu de fortes présomptions. Elle était quasiment certaine que j'avais encore bu de la bière et même consommé des substances encore plus terribles. J'avais beau essayer de lui faire croire que j'avais fait une indigestion au cours de l'après-midi, elle n'en démordait pas. Je suis certaine que tu as bu de la bière. Ne mens pas, une mère ça devine tout.

— De mauvaises fréquentations, clamait-elle. Occupe-t'en, Jude, c'est ton fils et il est mal parti. Si tu n'y vois pas, je peux te dire qu'il finira mal !

« Il finira mal. » Je trouvais qu'elle avait un talent inné pour l'exagération. Mes amis étaient tous plus âgés que moi, c'est vrai, mais cela n'en faisait pas nécessairement de mauvais compagnons. Je pensais avoir au moins ce droit, choisir mes amis ! Toi, je ne sais pas dans quelle sorte de patelin tu vis, mais moi, je vivais dans un petit village. Il y avait peu de jeunes de mon âge et ceux qu'il y avait n'étaient pas tellement délurés. Dans ma classe, j'étais le plus grand. Je dépassais tout le monde d'une tête. Un étranger aurait pensé que j'avais doublé des années. C'était tout le contraire. J'ai toujours été un premier de classe et j'avais, comme je l'ai souvent dit à ma mère, passé l'âge de jouer dans les carrés de sable. Je ne voulais pas perdre mon temps avec ces attardés. Il me fallait des amis de mon calibre, des gars qui pouvaient m'apprendre quelque chose de la vie. Je n'avais qu'un choix, choisir mes amis.

Mais attaché à ce fauteuil, mes certitudes se diluent. Peut-être que pour une fois, c'était ma mère qui avait raison. Qu'il aurait mieux valu que je me tienne avec ces jeunes que je trouvais idiots, mais, du haut de mes onze ans, je trouvais qu'elle avait tort.

J'ai froid, je tremble de tous mes membres. Je suis certain que c'est l'heure de ma méthadone. Tu connais ça, la métha-done ? C'est un médicament qui m'a été prescrit et qui, d'une certaine façon, remplace la drogue que je ne prends plus. Je ne sais pas combien de temps je vais en prendre. Tout ce que je sais, c'est qu'on va m'en donner tout au long de ma période de sevrage et que cela peut être assez long. Il faut que tu saches que la méthadone, ce n'est pas de la drogue. Ici, pas question de fournir de la drogue aux patients, c'est un centre de réhabilitation, pas une piquerie ! Avant ma condamnation, je consommais de la cocaïne et de l'héroïne. Je me *shootais* et je *sniffais* quatre ou cinq fois par jour. Je ne prenais pas souvent contact avec la planète. J'étais dans les vapes et pas à peu près ! Une thérapeute m'a dit que je courais à ma mort. Que c'était une chance que l'on m'ait arrêté. « Une chance ! » Elle ne sait sûrement pas ce qu'elle dit, « une chance ! » Mais que font-ils avec mon médicament ? Je suis certain qu'ils le font exprès. Ils savent que c'est l'heure, mais ils veulent me punir. Ils doivent regarder le hockey ou jacasser comme des commères. À moins qu'ils ne soient tous endormis. Il me faut ce médicament, sinon je vais devenir fou ! Mais qu'est-ce qu'ils font ?

— Infirmier, que je crie, dans un moment d'intense panique.

J'entends des pas qui se précipitent. Je suis en sueur. J'ai peur. Que vont-ils me faire ? Tout ce que je veux, c'est mon médicament. Je ne veux pas de cette maudite piqûre. Je n'ai pas crié pour déranger, tout ce que je veux, c'est mon médicament. Je suis certain que c'est l'heure. Ils n'ont pas fait leur travail. Je suis prisonnier, je n'ai plus de droits. Je sais qu'ils feront de moi ce qu'ils veulent. Je regrette, je n'aurais pas dû crier. Je veux que ces pas s'arrêtent, que jamais ils n'arrivent. Ils sont là, je les entends plus fort que des tambours. Je ne voulais pas, je vous en supplie, pas de piqûre. PAS DE PIQÛRE !

— Ne criez pas comme ça, me dit une voix remplie de tendresse. Les autres dorment, vous allez les réveiller.

— Ne me donnez pas de piqûre. Je vous en prie, je ne voulais pas crier.

— Calmez-vous, je vous apporte votre méthadone. Je vous l'aurais apportée bien avant, mais vous sembliez dormir. Tenez, buvez.

Je n'en crois pas mes oreilles, mais ça semble vrai. Elle a une voix si douce, si rassurante. Elle connaît le nom de mon médicament. Je suis certain qu'elle vient en amie.

Elle porte le verre à mes lèvres. Avide, j'en avale le contenu d'un seul trait. Même s'il semble vide, j'aspire très fort afin de m'assurer de tout ingurgiter. Dans une dizaine de minutes, le médicament fera effet.

Je ne tremblerai plus, fini les sueurs froides, à nouveau je verrai la vie d'un meilleur œil.

J'aurais besoin de parler, que quelqu'un me tienne la main, le temps que le médicament fasse effet. Mais je n'ose pas parler à cette femme. Elle semble gentille, comme ça. Mais je sais que, pour être attaché à ce fauteuil depuis un bon moment, dans cet hôpital, ils sont tous pareils. Il faut que je me méfie. Je fais comme si elle n'existait pas. Je sais qu'elle est devant moi, qu'elle m'observe. Elle doit prendre des notes ; ici, ils prennent tous des notes. Qu'elle écrive ce que bon lui semble. Tout ce que je veux, c'est que ce médicament fasse effet au plus vite, que je cesse de geler, de trembloter.

— Régine, arrive ici, tu ne peux pas rester là, il est dangereux !

— Dangereux comme quoi ? Il est ficelé comme un saucisson.

— Tu n'as pas lu les notes à son dossier ? Tout y est écrit. Tu n'as qu'à le consulter. Viens, j'ai besoin de toi au deux cent quarante-sept.

— Essayez de vous détendre, me dit-elle en passant délicatement sa main dans mes cheveux.

— Il est défendu de le toucher ! Arrive, sinon, je te colle un rapport.

Devant l'insistance de ce collègue, elle obtempère, et je devine, malgré l'obscurité, qu'elle m'a laissé un sourire. Le premier depuis que je suis ici.

Maintenant qu'elle est partie, je regrette qu'elle n'ait pu rester plus longtemps. J'aurais dû être plus gentil. Peut-être est-elle différente de tous ces préposés aux soins et ces infirmiers qui me détestent. Je ne le dis qu'à toi, mais je suis heureux que ce soit elle qui m'ait apporté mon médicament. Elle m'a sauvé d'une piqûre certaine. Je suis persuadé qu'elle est meilleure que les autres. J'espère que tous les soirs, ce sera elle qui viendra à mon chevet. Je l'espère vraiment.

Mon médicament commence à faire effet. La chaleur regagne mes membres, mes muscles un à un se détendent. Une sensation bienfaisante m'enveloppe, je crois que je vais dormir, mais, cette fois, ce sera un sommeil souhaité, un sommeil qui m'apportera les plus beaux rêves. Régine, c'est un si joli nom...

Chapitre 3

La fugue

Cette nuit, j'ai dormi dans mon fauteuil. Sans doute n'ont-ils pas voulu me déranger dans mon sommeil. Je suis courbaturé tout autant que si j'avais soixante-quinze ans. Mes fesses me font particulièrement mal. Je ne serais pas surpris, tellement j'ai mal, que les os de mon bassin aient traversé ma peau. Pas question de crier, ils viendront tôt ou tard. Je vais attendre.

Après ma première journée de boucane, il y en eut une seconde, puis une troisième et, par la suite, beaucoup d'autres. À treize ans, je fumais régulièrement. Tout l'argent que je gagnais, faisant ici et là de menus travaux, y passait. Plus j'en gagnais, plus je fumais et lorsque j'en manquais, j'en volais dans la réserve de ma mère. Au début je me limitais à la marijuana, mais après un certain temps, il me fallait quelque chose d'un peu plus *hot*. Sur les judicieux conseils de Buz et

Patche, je suis passé au hasch. Ça me coûtait un peu plus cher, mais j'en avais pour mon argent. Ce qui m'importait, c'était de *triper,* et avec le haschich, je *tripais* ! Comme il me fallait plus d'argent, je travaillais de plus en plus et de plus en plus fréquemment, je pigeais dans la réserve de ma mère.

Plus les semaines passaient, moins j'avais d'intérêt et de temps pour étudier. Après quelques semaines, mes résultats scolaires ont commencé à en souffrir. Ils se sont mis à baisser, baisser, une vraie dégringolade ! Il n'en fallait pas plus pour que ma mère s'en inquiète, m'en parle et m'en reparle. C'était devenu le sujet à l'ordre du jour. Elle ne me parlait que de ça. J'avais beau lui dire de rester *cool*, qu'il n'y avait pas de problème, que j'allais me rattraper, elle n'en démordait pas, je courais à ma perte.

Lassée de mon indifférence, elle en a parlé à mon père qui était d'avis que ce n'était qu'une passade et que je me replacerais. Elle l'accusait de ne pas prendre ses responsabilités. De n'être qu'une chiffe molle, un pleutre qui se fichait de l'éducation et de l'avenir de son fils. Chaque soir, lorsque mon père n'était pas au large, de ma chambre, bien malgré moi, j'étais témoin d'interminables discussions et de reproches qui n'en finissaient plus. Ma mère pleurait et, de plus en plus souvent, je m'endormais au son de ses sanglots. Je me demandais s'ils m'aimaient encore. Je ne comprenais pas toute cette bisbille à cause de moi. Je n'étais pas un criminel, je n'étais qu'un jeune qui aimait fumer une p'tite *puff* tranquille avec ses copains.

Un soir où ma mère avait mis plus d'ardeur que d'habitude à lancer à mon père des insultes qui blessent, choquent et enragent, il est sorti de ses gonds. Je l'ai entendu frapper sur la table et crier à ma mère qu'il allait s'occuper de moi et qu'à son retour, il aurait avec moi une discussion dont je me souviendrais longtemps. Qu'il en avait assez de toutes ces jérémiades et pour la calmer, il lui promit qu'après notre entretien j'aurais si peur des conséquences, que je ferais un détour lorsque je verrais une bière, un joint ou les deux grands baveux avec qui je me tenais. Que malgré ce qu'il venait de lui dire, il ne me réveillerait pas pour m'enguirlander, car ce n'était pas le genre de chose qui se réglait à deux heures du matin.

Il est sorti en claquant la porte. Son bateau l'attendait, il quittait le quai à trois heures.

Mon père avait un air sévère, mais ce n'est que très rarement qu'il élevait la voix. Je me souviens, plus jeune, lorsque je dépassais les bornes, il n'avait qu'à me regarder pour que je comprenne. Pour qu'il crie et qu'il claque la porte, il devait être sérieusement blessé par les propos de ma mère. Ça ne pouvait plus durer. J'étais certain que si je n'avais pas été là, ils se seraient beaucoup mieux entendus. Ils se seraient peut-être encore disputés, mais pour d'autres raisons. Je ne pouvais plus rester avec eux. Il était impératif que je parte. Surtout depuis la promesse que mon père avait faite à ma mère. Il en allait de ma santé physique, mentale et peut-être aussi de leur bonheur.

Mais où aller ? Tout ce qui était clair dans ma tête, c'était qu'il fallait que je parte. C'était décidé, je partirais quelque part, je ne savais où, tout simplement quelque part, ailleurs, loin, très loin, dans un endroit où ils ne me retrouveraient jamais. Plus jamais !

Nous étions à la fin de juillet, ma mère était dans la savane à ramasser des plaque-bières et mon père, parti au large pour quelques jours. L'occasion était propice. C'était le moment ou jamais. Lorsque j'avais quatorze ans, j'étais convaincu qu'une occasion comme celle-là ne se présenterait qu'une fois. Que si je ne savais pas en profiter, c'était fini, elle ne se représenterait plus jamais. Et pour mon projet de fugue, il était préférable qu'il y ait quelques jours entre mon père et moi. Tu as deviné, j'en avais une peur bleue. Ce n'est pas qu'il me battait, il ne m'a jamais touché. Il n'a même jamais élevé le ton en s'adressant à moi. J'aurais dû croire qu'il était mon allié, car chaque fois que ma mère montait sur ses grands chevaux, qu'elle me voyait devenir un bandit, la honte de la famille, c'était toujours lui qui la retenait. Il semblait comprendre qu'il fallait que jeunesse se passe. Mais avec la dispute de la nuit dernière, j'étais certain qu'il s'était ravisé. Que c'en était fini du « faut que jeunesse se passe. » Que cette fois, c'était moi qui allais écoper !

Depuis que le juge m'a envoyé dans ce centre, j'ai vu toutes sortes de gens. Des thérapeutes de tout acabit, des médecins, des psychiatres. Surtout des psychiatres. Il y en a au moins deux qui m'ont dit que certaines craintes qui m'habitent résultent de ma relation avec mon père. Il semble que tant que je n'aurai pas réglé cela avec lui, je vivrai ces angoisses. Possible, mais ce règlement ne figure pas dans mes priorités. Car ici, ils ne sont pas légion, ceux qui m'impressionnent. Ici, plusieurs sont du genre que je ne peux pas blairer. Par exemple, l'infirmier qui me terrorise lorsqu'il vient me faire cette fichue piqûre ou ce Gérard et son sbire, ils ne m'impressionnent pas, ils me donnent la nausée, l'envie de gerber. Je pourrais le crier en majuscules : ILS M'É-

CŒURENT ! Ce qui les différencie de ceux qui m'impressionnent, c'est que dans leur cas, je sais pourquoi ils me causent toutes ces émotions. Ce sont des sadiques ! Sans que je leur aie fait quoi que ce soit, ils me détestent.

C'est triste à dire, mais dans ce centre de réhabilitation, ils ne sont pas les seuls à détester tous ceux qui ne sont pas comme eux. À sembler n'être heureux que lorsqu'ils ont quelqu'un à détester. C'est peut-être eux qui devraient être attachés à ce fauteuil, car moi, dans ma tête, je ne déteste personne. Il y a eu ce gars, mais ça, je l'ai déjà dit, je ne sais pas ce qui m'est arrivé. Le docteur Fripon a dit qu'il s'est produit un court-circuit dans ma tête. Il doit le savoir, il est psychiatre, et les psychiatres, ils connaissent les têtes !

J'avais ramassé quelques vêtements, la paire d'espadrilles que j'avais reçue pour mon anniversaire, mon gant de baseball et les économies de ma mère, environ cent cinquante dollars. J'avais tout mis dans mon sac à dos, sauf naturellement l'argent que j'avais enfoui dans mes poches. Trente dollars dans ma poche droite et le reste dans ma poche gauche. Je trouvais que séparer ma fortune était plus sûr. Parfois, montrer que l'on a trop d'argent peut nous apporter des ennuis. J'étais parti à la sauvette, à pied, avec l'idée bien arrêtée que mes parents ne me retrouveraient jamais.

J'avais déjà vu des films de jeunes fugueurs, mais ça se terminait toujours mal. La police les retrouvait ou une personne qui semblait vouloir les aider les dénonçait. Je savais déjà que les films étaient des histoires convenues et que s'ils se terminaient toujours en faveur des vieux, c'était fait exprès. « Le gars des vues », comme on l'appelait, voulait que les parents gagnent. Il fallait décourager les adolescents qui, écœurés de se faire suer par leurs vieux, auraient l'idée d'une petite fugue. Fort heureusement pour moi, j'étais assez dégourdi pour ne pas me laisser berner par ce stratagème. Tant pis pour les sots qui tombaient dans le panneau.

La chance m'avait souri. Il n'y avait pas encore vingt minutes que je marchais, le bras tendu, le pouce en l'air, que le conducteur d'une Mustang rouge a immobilisé sa rutilante voiture et s'est informé de ma destination.

— Montréal, monsieur, que je lui avais dit sur un ton poli.

— Je peux t'amener jusqu'à Québec...

— Super !

J'avais lancé mon sac à dos sur la banquette arrière et j'avais pris place sur le siège du passager.

Je n'avais jamais cru qu'il serait aussi facile de partir, de changer de région. Il fallait tout simplement essayer. Je voyais cette route qui défilait à vive allure et l'aventure qui s'offrait à moi. Je savais ce que j'avais à faire. Pour cette portion du voyage, il valait mieux que je donne mon vrai nom, au cas où l'on rencontrerait une personne qui me connaissait. Lorsque je serais en ville, là il serait temps de changer de nom.

Il y avait déjà une vingtaine de minutes que nous roulions et il ne m'avait pas encore adressé la parole. Il se contentait de me lancer de temps à autre un regard qui m'inquiétait de plus en plus. La nervosité s'est emparée de moi. Chaque fois que cet homme me regardait, j'avais l'impression qu'il lisait en moi. Qu'il savait que j'étais en fugue. Pour cacher ma nervosité, je m'étais calé un peu plus dans mon siège, regardant partout autour de moi, sauf naturellement dans sa direction. Je me répétais, pour m'en convaincre, que j'étais en vacances, que j'allais en voyage chez une tante, une sœur de mon père. Moi, qui depuis mon enfance avais fait tant de mensonges, je ne croyais pas que cette situation m'énerverait autant. Et mon âge ? La question méritait réflexion. J'avais toujours fait plus vieux que mon âge. S'il me questionnait là-dessus, je dirais que j'avais dix-sept ans. Ce serait peut-être mieux seize. Je dirais seize ; comme ça, j'étais certain qu'il me croirait.

Dans les films que j'avais vus, les fugueurs se faisaient souvent prendre parce qu'ils parlaient trop. Répondre uniquement à la question posée. Je savais que ça, c'était hyper important. Il fallait que je m'astreigne à cette discipline. S'il me demandait mon âge, je ne lui raconterais pas ma vie, je ne lui dirais que mon âge. Il fallait que tout au long de ma fugue, j'applique cette règle. Sinon, je serais pris et retourné chez mes parents en moins de deux. Ma tante, elle s'appellerait Imelda. Ce ne serait pas un vrai mensonge, car mon père avait une tante qui s'appelait comme ça. Pauvre elle, passer sa vie avec un nom pareil. C'est vrai qu'elle était vieille et que dans ce temps-là, les prénoms à coucher dehors, il en pleuvait.

J'étais encore un peu nerveux, mais j'étais certain que ça irait. J'avais le goût de fumer un bon joint. J'avais même du pot caché dans l'une de mes chaussettes, mais j'ignorais s'il fumait. Je ne voulais surtout pas prendre le risque de le lui demander, car juste à le regarder, j'étais certain que non. J'attendais, silencieux, qu'il finisse par me parler.

Difficile à croire, mais il y avait plus d'une heure et demie que nous roulions et il ne m'avait pas encore adressé la parole. Il écoutait de l'opéra. Je savais que c'était de l'opéra, car il y avait des violons, des trompettes et des tambours à n'en plus finir. De la vraie musique de vieux. Je me demandais quel âge il avait. Une chose était certaine, il n'était plus très jeune. Il dépassait sûrement la trentaine. Il en aurait eu trente-cinq que je n'aurais pas été surpris. Ce n'était pas parce qu'il avait l'air de Mathusalem, mais plutôt à cause de la musique qu'il écoutait. J'étais certain qu'aucun jeune n'écoutait ce genre de musique. Je trouvais aussi très étonnant qu'il ne m'ait pas encore posé une seule question. Ça aussi, c'est rare pour un vieux. Dans le fond, cela ne me dérangeait pas, du moins pas trop. Ça me donnait le temps de penser aux questions qu'il pourrait me poser et aussi le temps de préparer mes réponses.

Pour la poly, il fallait que je lui dise que je montais en cinquième secondaire. Il fallait que j'y pense. Il ne fallait pas que je dise en deuxième, car avec l'âge que je m'étais fabriqué, j'aurai eu droit à une avalanche de questions. Je m'étais préparé à répondre lentement ; comme ça, s'il voulait me piéger, je saurais prévenir le coup.

— As-tu faim ? Je connais un petit resto à une dizaine de kilomètres d'ici. C'est moi qui t'invite.

— Oui, un peu, mais j'ai de l'argent.

— J'en suis certain, mais garde-le. Tu en auras peut-être besoin au cours des prochains jours.

« Des prochains jours… ». Pourquoi m'avait-il dit ça ? Avait-il des doutes ?

Chapitre 4

De nouveaux amis

Lorsque j'ai vu le nom du restaurant qu'il avait choisi, *La frite à Germaine,* mon cœur s'est serré comme s'il était dans un étau. J'y étais déjà arrêté avec mes parents et j'avais une frousse du diable qu'une serveuse me reconnaisse, qu'elle me pose toutes sortes de questions indiscrètes. Je sais aujourd'hui que je n'avais aucune raison de m'inquiéter. Mais, en fugue à quatorze ans, je m'inventais beaucoup d'angoisses sans le savoir.

— Viens-tu ? À propos, ton prénom, je ne me souviens pas que tu me l'aies dit.

— Michaël, mais mes amis m'appellent Flac, que je lui ai répondu. Et le vôtre, c'est quoi ?

— Étienne Tremblay. Tu peux me tutoyer, Michaël.

Suspicieux, je me demandais pourquoi il ne m'avait pas appelé Flac. Il était vrai que nous n'étions pas encore amis.

— La musique que tu écoutais, c'est du classique ?

— Oui, la troisième symphonie de Beethoven. Tu connais ce monsieur ?

— Pas vraiment. J'en ai entendu parler à l'école. Mais tu sais, moi, la musique classique…

— Je ne sais pas. Comment veux-tu que je sache ? Je ne te connais pas.

Cette remarque m'avait surpris, mais il avait raison. Nous ne nous connaissions pas. Afin d'éviter de dire d'autres bêtises, je m'étais contenté de lui lancer un sourire approbateur.

— Que veux-tu manger, me demanda-t-il, pendant que je jetais un coup d'œil au menu.

— Un hamburger garni et un Coke.

— Bonne idée, je vais prendre la même chose. Je sais que tu t'appelles Michaël, mais tu ne m'as pas encore dit ton nom de famille.

— Dorais.

— Fais-tu toujours des réponses aussi courtes ?

— J'essaie de répondre aux questions. J'ai un ami, un Français, lui ai-je menti. Si je lui demande s'il a l'heure, il me répond

« oui », mais il ne me la donne pas. Quand je l'ai connu, je pensais qu'il m'asticotait. Mais en le connaissant mieux, j'ai découvert qu'il répondait à tout de cette façon. J'ai trouvé ça amusant, alors je fais comme lui. Tu m'as demandé mon nom de famille, je te l'ai donné. Si tu veux savoir autre chose, demande-le-moi.

J'étais vraiment fier de moi. Il me regardait d'une autre façon. J'étais certain que pour le reste du voyage, il se contenterait de mes réponses courtes.

Nous avons mangé en silence. Ce hamburger était délicieux, et le fait que je n'aie pas eu à le payer le rendait encore meilleur. Du moins, il me semblait...

Nous avons roulé, encore et encore. Toujours en silence. Lui, écoutant Beethoven et moi, regardant le paysage qui changeait à vue d'œil. Chaque fois que nous longions la mer, j'en profitais pour me remplir les yeux, la tête, le cœur. Là où j'allais, dans la grande ville, je ne la verrais plus, la mer. Il n'y avait que quelques heures que j'étais parti de chez moi et je sentais qu'elle me manquerait beaucoup. Je la trouvais tellement belle, la mer. Elle était changeante ; comme moi, elle prenait diverses couleurs, selon les jours, selon le temps qu'il faisait. Par jours de pluie, elle devenait grise, elle s'embrouillait. Sous l'emprise du vent, elle grossissait, devenait rageuse, elle écumait. Je sentais qu'elle était malheureuse. De toutes ses forces, elle frappait les rochers, elle s'y brisait en se transformant en million de larmes salées qui dégoulinaient, silencieuses, sur les amas de roches.

Je vais te dire, elle aussi, la mer, certains jours, elle disjoncte. Elle n'est plus elle-même. C'est dans ces jours de grande tristesse qu'elle avale des bateaux et des pêcheurs. Mon père, lui, il le savait. Avant de prendre le large, il la scrutait, il lui parlait. Il ne voulait pas aller jouer avec elle, lorsqu'elle était en colère. Il préférait attendre de meilleurs jours. Des jours de soleil où elle se parait d'un bleu si bleu, si beau, si pur, que nous savions tous qu'elle l'avait emprunté au ciel. Des jours si calmes qu'elle devenait un immense miroir. Des jours où ses vaguelettes parées de turquoise venaient doucement caresser les jeux des enfants sur le sable.

Je ne voulais jamais l'oublier, la mer, car lorsque j'étais très malheureux, elle était souvent la seule à m'écouter.

Mais qu'est-ce qu'ils font ? Impossible de savoir qu'elle heure il est ! Ce que je sais, c'est que le jour est levé depuis belle lurette et que j'ai faim. Que j'ai mal aux fesses et que je commence sérieusement à m'impatienter. Il faut que je prenne sur moi, il ne faut surtout pas que je crie. Si j'avais un verre d'eau... Il me semble que ce n'est pas grand-chose, un verre d'eau ! Enfin, des pas… C'est peut-être mon déjeuner.

— Dorais, le psy vient te voir vers dix heures. On t'amène au bain.

— Et mon déjeuner ?

— Après. Ne t'avise pas de nous faire une crise. Tu sais ce qui va t'arriver.

— Pensez-vous vraiment que je les commande ? Le docteur Fripon me l'a dit, ce sont des actes involontaires. Croyez-vous que cela me rend heureux d'être attaché, comme ça, à cœur de jour ?

— Arrête, tu vas nous faire chialer ! se moque l'un d'eux, en détachant mes sangles. Dis-toi que tu as de la chance d'être ici. Si j'avais été le juge, tu serais au pénitencier.

Ces deux-là, ce ne sont pas des infirmiers. Ce sont des préposés. L'un d'eux, celui qui m'enguirlande tout le temps, c'est le sbire de Gérard. Je ne veux surtout pas le provoquer. Ce sont eux que j'appelle les « messieurs aux allures austères ». De toi à moi, ce ne sont sûrement pas eux qui ont inventé la compassion. D'ailleurs, dans cet hôpital, la compassion ne semble pas être l'apanage de la majorité.

— Attends-tu que je te prenne dans mes bras ? Grouille-toi un peu, tu n'es pas le seul patient de l'étage !

— J'attendais juste que vous me le demandiez, que je réponds en arborant un très large sourire.

Encadré des deux aides, je me rends à la salle de bains. L'eau est très chaude, ça me brûle presque, mais je ne dis rien. Je ne veux surtout pas les provoquer, leur donner une occasion de me priver de mon déjeuner ou de me faire cette piqûre que je déteste tant.

Depuis que je suis dans ce centre de réhabilitation, j'ai appris qu'à quelque chose malheur est bon. Prends ces aides qui me détestent et qui font tout pour se débarrasser de leur travail. Avec eux, je ne m'éternise pas dans ce bain brûlant. En moins de dix minutes, je suis revenu à ma chambre et je suis réinstallé dans mon fauteuil avec une seule main attachée, car il faut bien que je mange !

Jamais des rôties froides et du gruau, guère plus chaud, ne m'ont paru aussi bons. Il n'y a que deux rôties. J'aurais bien aimé en avoir une ou deux de plus, mais ici, vaut mieux manger ce qu'on donne, en être content et ne rien demander de plus. Ça aussi, je l'ai appris à mes dépens.

Enfin, mon psychiatre est là. Oui, le docteur Fripon. Bonne nouvelle, il a trouvé un médicament qui, semble-t-il, m'assurera un équilibre constant. Si tout va bien, dans quelque temps, je pourrai être libéré de mon fauteuil. Je lui demande qu'il me précise si le « quelque temps » sera bien long. Malgré mon insistance, il ne peut pas me le dire. Le médicament est trop nouveau. Il ne sait pas non plus comment mon organisme réagira à ce nouveau médicament. Je regrette qu'il ne puisse me le préciser, mais je suis heureux. Pour la première fois depuis je ne sais combien de mois, je peux dire qu'il y a une petite lumière au bout de ce tunnel qui semblait sans fin.

La personne qui l'accompagne m'informe que lorsqu'on me détachera, ma chambre sera verrouillée en permanence et que j'y serai confiné. Cela ne me dérange absolument pas. J'aurai retrouvé une certaine liberté ! J'ai peine à cacher mon bonheur. Des larmes perlent sur mes joues. Enfin je pourrai me laver, manger, bouger comme tout le monde. J'ai conscience que cloîtré dans cette chambre, ce ne sera pas la grande liberté, mais je serai tout de même beaucoup plus libre qu'attaché dans ce satané fauteuil.

* * * * *

À Québec, Étienne m'avait déposé dans un gîte du passant pour jeunes. C'était vraiment bien comme endroit. Beaucoup mieux qu'un banc de parc et, aussi, beaucoup moins cher qu'une chambre d'hôtel. En me quittant, il m'avait dit : « Michaël, n'oublie jamais l'adresse de ton village. » Pourquoi m'avait-il dit cela, je l'ignore, mais je suis certain que ce n'était pas pour rien. Comme aurait dit mon père, un homme qui parle si peu n'ouvre pas la bouche pour ne rien dire.

Tout ce que j'ai su d'Étienne Tremblay, c'est son nom et le fait qu'il aime Beethoven. Je ne l'ai vu que quelques heures, il ne m'a pratiquement pas parlé, mais malgré ça, lorsque j'ai eu des périodes difficiles, c'est d'abord à lui que j'ai pensé. Je suis certain qu'il se doutait que j'étais en fugue, mais par son silence, il respectait ma décision. Une chose est certaine, je ne l'oublierai jamais !

Je ne devais être qu'une seule nuit à Québec, mais je me suis fait de nouveaux amis. Des amis qui, comme moi, aimaient bien tirer une *puff* et siroter une petite bière. J'y suis finalement resté une semaine. Lorsque j'ai pris la route de Montréal, j'avais encore vingt dollars en poche et j'étais riche des expériences vécues avec eux. Ma mère m'aurait sûrement rebattu les oreilles que certaines amitiés coûtent plus cher que d'autres, mais, à mon grand bonheur, des centaines de kilomètres nous séparaient.

Enfin Montréal ! Moi qui ne l'avais jamais vu, j'étais réellement impressionné. Des gratte-ciel hauts comme des montagnes et des autos plein les rues, même à cinq heures du matin. La première nuit, grâce à un nouvel ami, je suis allé coucher à l'Accueil Bonneau. Le lendemain matin, on nous a servi un déjeuner avec des œufs et du bacon. Je n'en revenais pas, tout était gratuit. Mon nouvel ami m'avait dit que je pourrais aller coucher à cet endroit aussi souvent que je le voudrais. J'étais estomaqué. Jamais je n'aurais pensé que Montréal recevait si bien ses visiteurs.

Tout cela était bien beau, mais il fallait que je trouve un emploi. Je ne savais pas faire grand-chose. Avec une deuxième secondaire, je ne pouvais prétendre être vraiment spécialisé. Ayant du culot à ne savoir qu'en faire et étant passé maître dans l'art du mensonge, je m'attribuais sans gêne aucune l'expérience des autres. Croyant que le travail de serveur m'irait à merveille, j'ai commencé la tournée des restaurants. Je prétendais que j'avais dix-sept ans et que mon expérience de serveur, même si elle avait été acquise pendant mes études, était tout de même fort appréciable.

C'est lorsqu'on me demandait des références que mon château de cartes s'écroulait. Aux premiers employeurs rencontrés, je disais que mes papiers étaient restés chez moi et que comme j'habitais très loin, il m'était difficile de les récupérer. Puisqu'il n'y avait rien à faire, aux autres je disais qu'on m'avait volé mon sac et que toutes mes références y étaient. Les restaurateurs demeuraient inflexibles, il me fallait ces documents. Ne pouvant faire la preuve de toutes ces belles expériences, mes demandes tombaient à l'eau. Mais il en fallait plus que ça pour me décourager. J'allais frapper à d'autres portes et je recommençais mon baratin. Pendant trois jours, j'ai menti comme jamais. J'ai usé de toutes les astuces que je connaissais, j'ai inventé les mensonges les plus abracadabrants. Il n'y avait rien à faire; sans références, je devais commencer au bas de l'échelle.

Les premiers temps, comme je n'avais pas encore d'appart, je logeais à l'Accueil. Tous les soirs, en rentrant, je rencontrais de nouvelles personnes et je me faisais de nouveaux amis. Ce qui me frappait, c'est qu'aucun d'eux n'avait un travail permanent. Certains me disaient avoir essayé à maintes reprises, mais que cela leur était impossible de garder un emploi dans cette ville d'exploiteurs. D'autres se vantaient de n'avoir jamais fait un pouce d'ouvrage et ils essayaient de me convaincre que le travail était contre nature. Je ne les comprenais pas, car tout ce que je souhaitais, c'était un *job* permanent qui me rapporterait assez d'argent pour me payer toutes les extravagances possibles dans une si grande ville.

Je rêvais d'avoir un appartement, une télé et peut-être aussi un chat pour me tenir compagnie. Je ne comprenais pas le point de vue de mes nouveaux amis, pas plus que je ne comprenais qu'ils puissent se contenter de si peu. Sans doute étais-je trop jeune pour comprendre tout ça, comme beaucoup d'entre eux le disaient.

Dans ma tête, rien ne pouvait être plus clair. Je venais coucher à cet endroit juste en attendant. En attendant mieux, comme aurait dit ma mère.

À quatorze ans, j'avais le jugement facile. Je ne pouvais pas admettre que des gens en pleine santé se contentent de si peu. Je les condamnais allègrement en les traitant de paresseux, de lâches et de parasites. Errer dans les rues à longueur de journée, mendier leurs repas et leur coucher. Pour tout dire, je les trouvais vraiment sans dessein ! Moi, j'étais certain que je ne serais pas comme eux. J'aurais un travail permanent, bien payé et en moins d'un an, je pourrais me procurer toutes ces choses auxquelles je rêvais. Je n'avais qu'à arrêter la bière et le pot. J'en étais convaincu, je n'avais qu'à le décider et ce serait fait !

Chapitre 5

Pas facile d'arrêter...

Il y a seulement dix jours que je prends ce nouveau médicament et je me sens déjà beaucoup mieux. Même si Gérard, son sbire et les autres me tarabustent de temps en temps, je réussis à garder mon calme. Je suis certain que cette amélioration est due à mon nouveau médicament.

Une chose cependant me déçoit : je n'ai pas encore revu le docteur Fripon depuis que je prends ce nouveau médicament. J'aurais aimé lui parler de mes progrès. Tu sais, ce n'est pas rien ! Avant, pour la moindre peccadille, je grimpais aux rideaux, alors que maintenant, même s'ils m'écœurent, qu'ils me passent leurs mains sales dans le visage, je réussis à garder mon calme. J'espérais qu'il revienne plus tôt, mais... Sans doute qu'il n'a pas eu le temps, qu'il a eu trop de travail. Un psychiatre, c'est sûrement une personne très occupée !

Il n'y a pas que mon humeur qui va mieux. Les soins que je reçois, eux aussi, s'améliorent. Au cours de la dernière semaine seulement, j'ai revu Régine à trois reprises. Je suis certain que ça aussi, ça contribue à ce que mon humeur s'améliore. C'est elle qui a hérité de la corvée de me surveiller pendant mes repas. Toute gentille, elle dit que ce n'est pas une corvée et qu'elle ne me surveille pas, qu'elle m'accompagne. Régine, elle n'est vraiment pas comme les autres. Elle, elle sait ce qu'est la compassion.

Pour moi, avant d'être incarcéré dans ce centre psychiatrique de réhabilitation, la compassion, ce n'était pas vraiment mon affaire. Je trouvais que c'était pour les mauviettes, les braillards, les faibles ! Dans ce centre, attaché à ce fauteuil, j'ai appris à connaître au moins ça, la compassion. C'est en regardant Régine et en discutant avec elle que je l'ai appris. N'eût été que les autres, c'est la colère que j'aurais apprise, mais la colère, je la connaissais déjà.

Régine, je la trouve merveilleuse. Afin que je saisisse, une fois pour toutes, que son rôle n'est pas de me surveiller, elle me détache les mains lorsque je mange et elle me parle, tout doucement, comme nous devrions toujours nous parler, entre êtres humains.

Parfois, lorsque je rêve tout éveillé, j'imagine qu'elle est ma sœur, cette sœur que je n'ai jamais eue. J'aurais aimé avoir une sœur, mais ce n'était pas une chose que je pouvais décider. Toi, tu en as une ? Si c'est le cas, prends-en bien soin. Il me semble que cela doit être tellement précieux, une sœur !

* * * * *

Comme je te le mentionnais, malgré tous les mensonges que j'ai racontés au cours de mes entrevues, je n'ai jamais pu dégotter mieux qu'un poste de plongeur. Je n'ai jamais réussi à gravir un seul échelon. Aujourd'hui, je sais pourquoi et je pense que toi aussi, tu l'as deviné. Pendant trois ans, j'ai fait la plonge dans une dizaine de restaurants et, à chaque endroit, j'ai réussi à perdre mon emploi.

Des *jobs* sans avenir, me disaient mes copains de l'Accueil. Encore aujourd'hui, je suis certain qu'ils avaient tort. Ce n'était pas ce travail qui était sans avenir, c'était moi qui, par ma conduite, bousillais toutes les petites chances qui auraient pu m'aider à construire un avenir. Ça aussi, il faut que je l'admette, je faisais tout pour demeurer au bas de l'échelle. Aujourd'hui, cloué à ce satané fauteuil, même si cela est un peu tard, je constate que la bière et les autres substances que j'absorbais ne m'allaient guère. Que transformé par ces substances que je pensais magiques, je me croyais supérieur à tous mes amis de l'Accueil, et je le clamais très haut tout en me convainquant que je bûchais fort pour me sortir de la dèche. Tu parles ! Bûcher fort ! Les pires mensonges, c'est à moi que je les contais. Maintenant que dans ma tête la brume s'est dissipée et que je suis un peu plus lucide, je sais que je ne faisais aucun effort. Je négligeais si bien mon travail que je n'arrivais pas à le faire convenablement. Pourtant, laver de la vaisselle, ce n'est pas si compliqué. Il m'était impossible de m'appliquer, car chaque matin était un lendemain de veille. Je me levais avec un mal de bloc terrible, me souvenant rarement de m'être couché et me demandant parfois où je me trouvais. J'étais indomptable, car chaque soir, malgré les désagréments que m'avaient occasionnés mes libations de la veille, je sirotais mon avenir et ne m'arrêtais que lorsque la caisse était vide. Et si je n'avais pris que ça…

Mon travail débutait à treize heures, mais je n'étais jamais là avant treize heures quinze, treize heures vingt. Par surcroît, j'étais rarement complètement réveillé. Pour reprendre contact avec la réalité, je m'intoxiquais de cigarettes et de café. Je regardais, béat, les piles de tasses et d'assiettes que je devais récurer. J'étais d'une inertie presque totale. À ce que je me souvienne, il n'y a pas eu un seul après-midi où le superviseur n'est pas venu m'enquiquiner au sujet de mon apathie et de mes retards. Tu ne peux pas t'imaginer combien je détestais ça, me faire rabâcher chaque jour le même sermon. Je détestais ça, plus que je peux te le dire, mais pas encore assez, car je continuais.

Sitôt mon quart de travail terminé, je courais déboucher une bière et fumer un pétard. Difficile de dire si je sirotais plus mon avenir que je noyais mes peines. Ce que je sais, c'est que je clamais à qui voulait l'entendre que je faisais l'objet de répressions et de discrimination. Pas un seul instant il ne me venait à l'esprit que ma conduite n'aidait pas ma cause. C'était toujours la faute des autres. Plus mon cerveau s'embuait dans les vapeurs alcoolisées et les effets de substances toxiques, plus je devenais victime de tout et responsable de rien.

Ligoté à ce fauteuil, je prends conscience que « j'étais dans les patates » jusqu'à la ceinture. Que chaque jour, je m'enfonçais un peu plus. Je commence à comprendre que ceux que je détestais parce qu'ils me bottaient le derrière pour me réveiller étaient ceux qui voulaient vraiment m'aider. Mais j'étais buté comme un âne. D'aussi loin que je me souvienne, aussitôt que quelqu'un disait blanc, j'avais tendance à trouver que c'était noir. Dès qu'une situation me déplaisait ou que les gens ne disaient pas comme moi, je me « tournais le cul à la crèche ». Je me rebiffais contre tout, surtout contre tout ce qui ressemblait à l'autorité. Si je me suis retrouvé devant ce juge, une chose est sûre, ce n'était pas leur faute. Il m'est difficile de reconnaître que ce n'était que la mienne. Enfin, peut-être qu'un jour, je trouverai les mots pour me le dire…

Aujourd'hui, c'est différent, la chance devrait me sourire. Je te dis ça, car j'ai vu Régine, c'est elle qui passe les plateaux. Je suis certain qu'elle viendra m'accompagner pendant mon dîner. Je ne suis pas vraiment certain, car dans cet hôpital, je ne peux jamais être sûr de rien. Le mieux que je puisse faire, c'est d'espérer que ce sera elle.

Toi, tu as un copain, une copine ? Je sais que la question est plutôt indiscrète, surtout que l'on ne se connaît guère. Je te demandais ça comme ça. Tu n'es pas obligé de répondre. Moi, je n'en ai pas. Si j'en avais une, je voudrais qu'elle soit comme Régine. Qu'elle ait des yeux bleus comme la mer, que sa voix soit douce et rassurante comme une brise du sud. Qu'elle ait un sourire qui, d'un seul coup, chasserait toutes mes peines. Je ne sais pas si Régine, elle, elle a un copain. J'ai déjà failli le lui demander, mais ça me gênait trop. Je vais te dire un secret : je n'ai jamais demandé à une fille si elle voulait être ma petite amie. J'avais trop peur qu'elle me dise non ou, pire encore, qu'elle rie de moi.

Écœuré du mal de crâne, j'ai décidé de laisser la bière de côté. J'avançais sur mes dix-sept ans et il me semblait qu'il était temps que je fasse un homme de moi. J'en étais certain, je ne pouvais prendre meilleure décision. Même ma mère aurait remercié le ciel, étant certaine que l'idée me venait de là-haut !

Lâcher la bière ! Pourquoi n'y avais-je pas pensé plus tôt ? J'étais tellement décidé et convaincu qu'arrêter ne serait pas plus compliqué que de mettre une lettre à la poste que ce jour-là, pendant mon engueulade quotidienne avec mon superviseur, je lui ai dit d'en profiter, car c'était la dernière fois qu'il m'engueulait pour cette raison. Qu'à l'avenir, j'arriverais en pleine forme, car c'était fini, les beuveries. Du coup, il avait tourné les talons et m'avait lancé un « j'ai bien hâte de voir ça ! » en disparaissant derrière la porte battante. Sa réaction m'avait piqué au vif et elle me donnait une raison de plus de réussir. « Il verra bien, le con ! », que je marmonnais en récurant mes chaudrons.

Cette nuit-là, j'étais rentré du travail vers les deux heures trente. Mon appart, ce n'était pas un château. C'était juste un petit réduit au sous-sol d'un vieil immeuble qui tombait en ruine. Un vrai trou à rat, mais, au moins, c'était chez moi. Si j'avais eu le temps de faire un peu de ménage, de laver ma vaisselle, de ramasser tout ce qui traînait, de repeindre les murs, de changer le linoléum déchiré à plusieurs endroits, j'aurais pu avoir un appartement dont j'aurais été fier. Mais voilà, je n'étais pas plus fier de cet appartement que je l'étais de moi-même. Je me suis couché tout de suite en arrivant pour ne pas être tenté de prendre une p'tite bière. Il était trois heures trente et je n'avais pas encore fermé l'œil. Je sais qu'une heure, ce n'est pas si long, mais j'avais tellement soif que ces soixante minutes m'ont paru une éternité. Je ne faisais que penser aux six bouteilles qui devaient s'ennuyer dans mon frigo. J'aurais dû les jeter en prenant ma décision, mais je n'avais pas osé. Quel gaspillage ! Il m'était impossible de dormir et je savais que je ne dormirais pas tant que je n'en aurais pas pris au moins une.

À force d'y penser, je m'étais persuadé qu'une bière, c'était loin d'être la fin du monde. C'était très peu et même normal après une dure soirée de travail. Je me suis levé, j'ai sauté dans mon frigo et j'en ai débouché une, que j'ai avalée d'une seule gorgée. Ah… Si tu savais le bien que cela m'a fait. Du moins, c'est ce que je pensais. J'étais assis, me trémoussant sur ma chaise. Je n'avais qu'une pensée, les cinq bières dans mon frigo ! Je m'étais pourtant dit que je n'en prendrais qu'une. Autant j'étais convaincu lorsque j'ai décidé d'arrêter, autant j'hésitais. J'ai fumé un joint pour me changer les idées, mais l'effet a été contraire. Je me suis amené à croire que les garder était la plus mauvaise décision à prendre. C'était le meilleur moyen de m'assurer une autre séance de torture pour le lendemain et les jours suivants. Les jeter, jamais ! On ne demande pas à un chien de jeter son os. Les boire, pour en finir, une fois pour toutes. C'était la solution, si je voulais être certain d'arrêter le lendemain. Oui, les boire toutes !

Je me suis précipité à mon frigo et j'en ai sorti deux. Ces bières étant les dernières que je prenais pour le reste de ma vie, je voulais les boire lentement, très lentement, les déguster, les savourer. Mais j'avais tellement soif ! Je te jure que je voulais les boire lentement, mais c'était plus fort que moi. Ces deux bières ont disparu pratiquement à la vitesse de l'éclair, et les trois autres ont subi le même sort.

Ce qui devait arriver arriva. N'ayant plus rien à boire, et les bars étant tous fermés à cette heure, je me suis précipité chez le vieux Tom pour en acheter. Le vieux Tom était l'épicier fantôme du quartier. Il avait de tout : de la bière, du vin, des spiritueux, mais pas de permis de la Ville. C'était loin du marché d'aubaines. Toute sa camelote était au double du prix normal. C'était un peu cher, mais quand on a soif, on paye et on se la ferme !

Je ne me suis pas trompé, c'est Régine qui m'apporte mon dîner. Je n'ai pas les mots pour te dire comme elle est belle ! Elle a toujours son merveilleux sourire et aujourd'hui, ses cheveux sont attachés en queue de cheval. Il me semble que ses yeux sont encore plus bleus. Même plus bleus que la mer lorsqu'elle est étale et que le soleil s'y baigne pendant que le ciel vient le rejoindre.

Je suis heureux, mais je garde ce bonheur pour moi. Elle le voit sûrement, mais elle ne dit rien. Elle me regarde et sourit en me voyant m'étirer pour me délier les muscles. Grâce à elle, une fois de plus, je vais manger les mains libres. Grâce à elle, pendant quelques minutes, je me sentirai un peu moins prisonnier, un peu plus humain.

Chapitre 6

Deux anges...

Je me sens tout drôle. J'ai chaud, j'ai froid, j'ai le souffle court. Ma poitrine se serre comme dans un étau. Je suis certain, même si on m'a donné ma méthadone avant de me transférer dans mon lit, que je suis en état de manque. Il fait noir, horriblement noir. Je sais que c'est la nuit, mais quelle heure peut-il bien être ? J'ai toujours détesté être seul dans le noir et lorsque je me sens mal comme ça, ma frayeur décuple. Je voudrais appeler, mais je n'ose pas. J'ai trop peur qu'ils disent que je suis en crise. Je tremble, j'ai chaud et je prie pour que quelqu'un passe.

Je sais que la nuit, ils doivent faire une tournée à chaque heure. Il me semble qu'il y a des heures que je suis comme ça, que je n'ai vu personne. Au moins, si je pouvais me tourner sur le côté... Même pas, je suis encore attaché, retenu par ces maudites contentions ! Je sens que la panique me gagne. « Flac, parle-toi ! » que je ne cesse de me répéter. Il ne faut pas que tu craques. Il faut que tu te raisonnes. Tu sais ce qu'ils te feront si tu cries. Oui, cette piqûre ! Je ne veux pas de cette satanée piqûre. Cette obsession m'aide à résister, à ne pas appeler. Les gens de l'équipe de nuit, ce sont les pires. « La nuit, c'est fait pour dormir », qu'ils disent à tout vent, et sitôt que je bouge, que j'émets un son, ils prétendent que je suis en crise et ils m'injectent ce liquide qui me donne cette ahurissante impression que je vais mourir. Ne pas appeler. Ne pas appeler ! Je me répète inlassablement ces trois mots, « ne pas appeler » espérant que quelqu'un finira par passer.

J'entends des pas, puis un faisceau lumineux court sur le plancher, juste devant la porte de ma chambre. Enfin, quelqu'un à qui je pourrai dire combien ça va mal dans ma vie. Le faisceau s'approche et éclaire brièvement mon visage.

— Tu ne dors pas ? me demande une voix féminine.

— C'est toi, Régine ?

— Non, moi, c'est Édith. Mais que se passe-t-il ? Y a-t-il longtemps que tu es éveillé ?

— Il me semble que ça fait des heures. Tantôt j'ai chaud, tantôt je frissonne, j'ai la poitrine qui me serre comme dans un étau. Je me sens mal comme ça se peut pas !

— Et as-tu ces malaises depuis que tu es éveillé ?

— Je crois que oui, mais je ne suis sûr de rien.

— Et tu n'as pas appelé ?

— Je n'ai pas de corde pour la sonnette et si j'avais crié, je suis certain qu'ils m'auraient donné cette maudite piqûre.

— Pas cette nuit, c'est moi qui suis responsable pour tout l'étage. Je vais voir ce que je peux te donner.

— Tu peux faire un peu de lumière ? J'ai vraiment peur dans le noir.

— Tiens, ta veilleuse. Le temps de consulter ton dossier et je reviens dans quelques minutes.

Je ressens les mêmes malaises, mais je vais un peu mieux. Je sais que je ne suis plus seul. Je suis certain que j'ai une nouvelle amie. C'est un vrai miracle ! Si j'avais su que c'était elle, j'aurais peut-être crié. Je suis content de ne pas l'avoir fait. Je sais maintenant que je suis capable de me contenir et de repousser mes moments de panique.

— Tiens, Michaël, je te redonne une demi-dose de méthadone. Selon tes symptômes, tu es en état de manque. Bois lentement. Je suis certaine que dans une dizaine de minutes, tu te sentiras beaucoup mieux et que tu pourras dormir.

— Tu peux me dire l'heure ?

— Deux heures vingt. Veux-tu que je te laisse ta veilleuse ?

— S'il te plaît.

— Essaie de te détendre, dit-elle en passant sa main dans mes cheveux.

Je suis au paradis ! Je la regarde disparaître derrière ma porte et je retiens le plus longtemps que je le peux l'odeur de sa fragrance et la douce sensation de sa main dans mes cheveux. Je suis certain que le reste de la nuit sera meilleur.

* * * * *

Six heures trente, je me réveille en sursaut. Mais que se passe-t-il ? Ici, il vaut mieux se mêler de ses affaires. Une fois, j'ai demandé et on m'a dit que cela ne me regardait pas. Que j'en avais assez de m'occuper de ma petite personne.

Bang ! Un objet vient de percuter contre un mur de ma chambre. Je suis certain que cela vient de la chambre voisine. Un bruit métallique qui résonne encore dans ma tête et qui me rappelle une expérience douloureuse. Les flics m'avaient arrêté près d'un dépanneur où venait d'avoir lieu un vol de bicyclette, celle du livreur. Je te jure que je n'avais rien à voir dans cette affaire, mais les poulets qui m'avaient intercepté étaient convaincus du contraire et ils avaient décidé que j'avouerais. Comme je persistais à nier, l'un d'eux m'a placé un seau sur la tête et l'a frappé avec force avec sa matraque. Chaque coup, en plus de la douleur occasionnée par le choc, un bruit assourdissant me déchirait les tympans. Après une heure de ce traitement, j'ai signé, sans la lire, la déclaration qui était devant moi. Cela m'a valu trois mois de prison. J'entends des cris et encore ce même bruit.

— Lâchez-moi ! Lâchez-moi ! que j'entends.

Je ne suis pas le seul à disjoncter dans ce centre. Un autre qui sera attaché pour un bon bout de temps... J'espère qu'Édith est là, elle lui épargnera quelques mauvais coups.

Que ce vacarme cesse ! J'ignore si c'est parce que je n'ai dormi que trois heures, mais j'ai un mal de tête terrible. Ça me rappelle mes réveils douloureux, du temps où je passais mes nuits à picoler. Il faut croire que j'ai perdu l'habitude, car un mal de tête comme celui-là, il me semble n'en avoir jamais eu. Si quelqu'un passe, je lui demanderai un cachet d'aspirine ou quelque chose qui me soulagera.

— Bonjour, Michaël. Avant ce boucan, avais-tu réussi à dormir un peu ?

— Est-ce toi qui m'as apporté mon médicament ?

— Oui, c'est moi, Édith, si c'est la question que tu te poses.

— Je n'en étais pas certain, car dans le noir, j'ai de la difficulté à bien voir.

— C'est pareil pour moi, mais pour en revenir à ma question...

— Après que tu m'aies apporté ma méthadone, je crois que ça n'a pas pris dix minutes que je dormais déjà.

— Tu ne sembles pas en grande forme.

— J'ai un de ces maux de tête. J'ai l'impression que le crâne va m'ouvrir !

— Attends, je reviens dans deux minutes. Je suis certaine que je peux te donner quelque chose qui te soulagera.

À peine a-t-elle terminé sa phrase qu'elle disparaît dans le corridor. Je pensais qu'il n'y avait que Régine qui avait un cœur dans cette baraque. Elles sont au moins deux !

— Ouvre la bouche, je vais te donner un peu d'eau, je ne veux pas que tu t'étouffes !

Elle soulève délicatement ma tête et elle me donne une gorgée d'eau afin d'humecter mes muqueuses, me dit-elle. Elle me donne ensuite deux pilules et encore un peu d'eau. Sa main est si douce dans mes cheveux. J'aime énormément Régine, mais je suis certain qu'elle aussi, je l'aimerai beaucoup.

— Il faut que je te laisse, essaie de dormir un peu avant le déjeuner.

— Dis, Édith, est-ce toi qui travailles la nuit prochaine ?

— Oui, et je travaille encore six autres nuits avant mon congé. Il faudra que tu t'y fasses, me dit-elle, dans un sourire taquin.

— Merci, merci pour tout !

À nouveau, elle disparaît derrière ma porte. Heureux de cette belle rencontre, je ferme les yeux, attendant que le médicament me débarrasse de cette foutue céphalée.

J'essaie de ne penser à rien, mais cela m'est impossible. Édith ne me sort pas de la tête. Après quelques minutes, comme par enchantement, mon mal de crâne disparaît. Je ne dors pas, je rêvasse. Si ma veine se poursuit, dans quelques minutes, je verrai apparaître Régine.

Chapitre 7

Je te dis tout

— Déjà novembre, me dit Régine avec son merveilleux sourire, en m'apportant mon petit déjeuner.

Quand on est libre, on peut dire « déjà », car le temps passe vite. Cela va peut-être te surprendre, mais je sais pourquoi le temps passe vite lorsqu'on est libre. C'est parce qu'on s'attend toujours à quelque chose. Je me souviens que quand j'étais jeune, avant que je consomme avec excès, lorsque je vivais sur la même planète que toi, j'avais toujours hâte à quelque chose.

Durant l'année scolaire, en entrant à l'école le lundi matin, j'étais impatient d'être au vendredi. Lorsque arrivait l'automne, j'étais impatient d'aller à la chasse avec mon père, de faire de longues promenades en forêt, d'avaler le lunch que maman avait préparé, assis au bord de la rivière, regardant la nature qui sommeillait, en écoutant le chant de l'eau. Aux premières neiges, c'était autre chose : les promenades en raquettes, les glissades en traîneau et les matchs de hockey sur la patinoire de l'école. Décembre était sûrement le plus beau mois de l'année. Sans que nous en parlions trop, nous étions tous impatients d'être à Noël. Quant à moi, pour être franc, ce n'était pas tellement pour la naissance du petit Jésus, mais plutôt pour l'arbre de Noël et les nombreux présents que j'avais commandés. Après Noël, les cadeaux et le Nouvel An, je me surprenais à avoir hâte à autre chose. C'était presque tout le temps comme ça. C'est vrai ! j'avais toujours hâte à quelque chose. Mais assis dans ce fauteuil à longueur de journée, on dirait parfois que le temps n'avance plus, qu'il s'immobilise. Qu'à cause de la faim qui me tenaille, l'heure du souper n'arrivera jamais.

Je viens d'apprendre que ça fait huit mois que je suis dans ce centre de réhabilitation. Il y un mois que je n'ai pas fait de crise, que je n'ai pas disjoncté. Je t'ai dit que le docteur Fripon est venu me voir ? Non ? Eh bien, voilà ! La semaine dernière, c'était en fin d'après-midi, il est venu accompagné d'une autre personne. À peine avait-il mis le pied dans ma chambre qu'il m'a dit qu'il avait de bonnes nouvelles, de très bonnes nouvelles. Et ce n'était pas des blagues. Depuis sa visite, on m'a détaché les bras à trois reprises. Du dîner jusqu'au coucher. J'ignore pourquoi, mais je suis certain que cela ne fait pas l'affaire de Gérard et des autres. Oui, eux, toujours les mêmes. Ils ne sont que quatre ou cinq, mais je te jure qu'ils sont pesants ! À tour de rôle, ils se flanquent dans l'embrasure de ma porte de chambre et ils restent là, immobiles, tels des chiens de faïence, scrutant mes moindres gestes. Toujours le même petit sourire narquois, qui semble me dire : « Tu vas la péter, ta coche ? » Ils ont beau faire, mais je résiste ! Ils ignorent que je sais, mais je le sais. Régine me l'a dit. Dans une semaine ou deux, maximum trois, si mon humeur demeure stable, il est possible que je puisse circuler librement dans ma chambre. C'est écrit dans mon dossier.

Bien sûr que la porte sera fermée à clé et que je devrai m'asseoir dans mon fauteuil, bien en vue, avant qu'un membre du personnel n'entre dans ma chambre, mais à part ces petits moments, je serai libre de tous mes mouvements. Ne plus être attaché dans ce fauteuil, ce maudit fauteuil ! J'en rêve tout éveillé !

Tu te souviens de ce nouveau médicament que je prends depuis deux bons mois ? Eh bien, je suis certain que c'est grâce à lui si je vais de mieux en mieux. Je vais te dire, avant d'être ici, je ne prenais jamais de médicaments. J'attrapais des grippes qui n'en finissaient plus et, malgré les conseils des gens de l'Accueil, je n'allais jamais voir le docteur. Je disais avec fanfaronnade que tout ce que je prenais comme médicament était suffisant pour me guérir. Mon œil ! Maintenant, je sais qu'il faut consulter et prendre les remèdes qu'on nous prescrit. Et ne prendre que ceux-là !

Au cours des huit derniers mois, hormis le fait que ce soit Régine qui s'occupe de moi, c'est la première fois que j'ai autant hâte à quelque chose. Dans une semaine ou deux, trois au pire, dans ma chambre, je serai libre de circuler à ma guise. Je sais que je viens de te le dire, que je radote, mais je suis tellement heureux, il fallait que je te le redise.

Il y a quelque chose dont je ne t'ai pas encore parlé. Avant de commettre cet acte, il y avait un bon bout de temps que j'avais laissé mon emploi. C'était devenu intolérable. Mon superviseur m'engueulait de plus en plus souvent. Il ne se gênait pas pour me rabâcher que je lui avais dit, un certain jour, que j'arriverais en forme, et qu'il attendait toujours. Ses semonces étaient directement proportionnelles à mes retards et à ma baisse d'énergie. Le propriétaire du taudis que j'habitais m'a foutu à la porte, car il y avait au moins cinq ou six mois que je n'avais pas payé mon loyer. J'étais vraiment dans la dèche. Je ne m'alimentais presque plus, évitant l'Accueil le plus possible. Je craignais les questions que l'on pourrait me poser. Je me nourrissais de ce que je trouvais ou de ce que je volais. Le plus souvent, je le volais, me faisant accroire que ce n'était pas grave, tous ces marchands étant beaucoup plus riches que moi.

J'ignore comment c'est chez toi, mais à Montréal, il y a des milliers de gens qui n'ont pas d'endroit où rester. Ce sont eux, les sans-abri. Si tu y es déjà venu, tu en as certainement vu et j'étais peut-être de ceux-là. Comme je n'avais pas d'endroit où coucher et que je fuyais les refuges, je couchais un peu partout, sur les bancs publics, dans les stations du métro ou, parfois même, sur le trottoir, près d'une source de chaleur, partout où je le pouvais, attendant que les flics viennent me déloger. J'étais aussi de la horde de clochards qui harcelaient les passants, la main tendue, quémandant de l'argent pour manger. Je vais te dire, quand on commence à perdre la maîtrise de sa vie, à s'enfoncer, c'est fou comme on dégringole vite ! On n'a pas le temps de se retourner qu'on est déjà dans le trou. Il y a plus de ténèbres que de lumière. On se croit au fond du trou, mais… erreur ! Le trou dont je te parle n'a pas de fond. Lorsqu'on pense être vraiment au fond, on se réveille le lendemain, encore plus bas, beaucoup plus bas. Moi, j'ai appris que j'avais tué un garçon qui avait presque mon âge.

Quand on me l'a dit le lendemain matin, je ne l'ai pas cru. J'étais encore à moitié gelé et j'ai tout de suite pensé que c'était une autre invention de ces maudits chiens sales qui ne savent pas quoi inventer pour nous tabasser et nous mettre en dedans. Mais cette fois, ce n'était pas une arnaque. C'était vrai. Trop vrai. J'étais devenu en l'espace d'une nuit, un criminel, un assassin ! J'avais enlevé la vie à l'un de mes semblables et je ne m'en souvenais même pas. Essaie de te rappeler, dans ta vie, la fois où tu as eu le plus peur. Eh bien, tu peux multiplier par dix, et même plus les craintes que tu as ressenties à ce moment-là. Moi, ce que j'ai éprouvé ce matin-là, ce n'était plus de la peur, c'était de la frayeur, de l'effroi. J'étais terrorisé à la pensée de ce que j'avais fait, complètement paniqué et depuis ce moment, toujours la même hantise, comment ai-je pu tomber si bas ?

* * * * *

— Michaël, bonne nouvelle ! Je te détache pour l'après-midi, me dit Régine.

— Les jambes aussi ? que je demande, frénétique.

— Oui, tu pourras circuler dans ta chambre. Cependant, comme je te l'ai dit, on doit laisser ta porte fermée et verrouillée.

— Je sais et je dois rester assis dans ce fauteuil tant que l'un d'entre vous est dans ma chambre.

— Tu as très bien retenu la consigne. Tu peux être fier de toi, Michaël, tu as vraiment fait de grands progrès.

— Si tu savais comme je suis heureux ! Et que ce soit toi, qui, la première, me détaches, tu quadruples mon bonheur ! C'est mon plus beau jour depuis bien longtemps, que je lui dis, des larmes plein les yeux.

— Allons, Michaël ! il ne faut pas être triste.

— Je ne suis pas triste, c'est plutôt le contraire, je suis trop heureux.

— Je suis contente de te l'entendre dire. Tu mérites ce petit bonheur, car depuis les dix dernières semaines, tu as progressé constamment. Tu es méconnaissable.

— Édith, l'infirmière qui travaillait la nuit dernière, tu la connais ?

— Oui, elle vient tout juste de commencer. Elle a terminé sa formation la semaine dernière. J'ai passé deux jours avec elle. Je suis certaine qu'elle fera une excellente soignante.

— Moi aussi, je suis de ton avis. Vous êtes tellement gentilles, toutes les deux. Pourquoi les autres ne sont pas comme vous ?

— Sans doute parce que nous sommes tous différents. Je suis certaine que dans quelque temps, le climat de ce service changera du tout au tout. Un nouveau responsable a été nommé il y a à peine deux semaines, et je trouve que déjà il y a une différence dans l'attitude de certains. Il reste encore beaucoup à faire, mais comme le dit souvent tante Hélène, si chacun y met du sien, on finira par y arriver ! Il faut que j'y aille. Tu restes assis tant que je ne suis pas sortie, ça va ?

— C'est promis !

— Je reviendrai dans quelques heures. Je frapperai ; comme ça, tu sauras que tu dois regagner ton fauteuil.

Elle est tellement gentille et tellement belle aussi ! Tu sais, un jour, je ne serai plus ici, et ce jour-là, moi aussi, j'aurai une copine. Et elle sera comme elle.

Toi, tu es libre de tes mouvements. Tu peux courir, sauter, marcher tous les jours. Moi, il y a plus de huit mois que ça ne m'est pas arrivé. Je suis certain que tu comprends que c'est la fête dans mon cœur et dans ma tête. Je suis enfin libre de mes mouvements. Moi aussi, aujourd'hui, je peux faire comme toi. J'ai des muscles qui se sont presque atrophiés, tellement ils sont immobiles depuis des lunes. Je les étire et les étire encore, tant que je peux. Je marche de long en large, en croisé, en cercle. Je veux couvrir chaque pouce de ce plancher, savourer chacun de ces précieux instants. Je sais que l'on ne me détachera pas tous les jours, mais chaque fois, je te le jure, je vais en profiter au maximum.

Je suis accoudé à la fenêtre lorsque la porte de ma chambre s'ouvre subitement. C'est Gérard !

— Dorais, qu'est-ce que tu fais debout ? Dans ton fauteuil, ça presse ! À l'aide ! Dorais s'est détaché !

Je suis estomaqué. Je ne comprends pas ce qui se passe. Je regagne mon fauteuil, ainsi que Gérard me l'a commandé. Pendant qu'il s'approche, deux autres préposés le rejoignent précipitamment.

— Est-il en crise ? demande l'un deux.

— Comment il se serait détaché si ce n'était pas le cas ? Attachez-le solidement pendant que je le tiens. Pis toé, Dorais, t'es mieux de pas bouger !

Avant que je puisse dire quoi que ce soit, je suis à nouveau ficelé comme un saucisson. Régine, à son tour, entre à la hâte dans ma chambre.

— Mais que se passe-t-il ? C'est moi qui l'ai détaché, il y a moins d'une heure.

— Tu n'avais pas le droit, la jeune ! T'es infirmière et tu sais pas lire ? Dans son dossier, c'est écrit qu'il faut être deux.

— C'est plutôt à toi d'apprendre à lire. Au dossier, il est mentionné « préférable » et ce qui est préférable n'est pas obligatoire à ce que je sache. Détachez-le et tout de suite !

— Mais…

— Il n'y a pas de « mais » ! J'ai dit « Détachez-le, et tout de suite ! »

C'est en maugréant qu'ils s'exécutent. Ils font glisser les sangles en les retenant sur mes poignets, ce qui me brûle la peau. Je grimace, mais je ne dis rien. Les connaissant, je suis certain que ce serait encore pire. M'ayant libéré, ils se retirent en jetant à Régine un œil malsain.

— Toi, la jeune, tu ne perds rien pour attendre, murmure Gérard en passant près d'elle.

Si ce n'était cette obligation de rester assis tant qu'elle n'a pas quitté la chambre, je lui sauterais au cou, juste pour la remercier, lui montrer à quel point je suis content de son intervention.

Elle s'approche de moi, l'air malheureux.

— Je te dois des excuses, Michaël. C'est un peu ma faute ; j'aurais dû les aviser que je t'avais détaché.

— Ce n'est surtout pas ta faute ! Ce Gérard, ce sadique, que je marmonne, en me cramponnant aux bras de mon fauteuil. Il savait que je ne m'étais pas détaché tout seul. Je ne suis pas magicien. Sois sûre que si je l'étais, je le changerais en crapaud de mer. Il a appelé les autres, juste pour avoir une autre occasion de me persécuter.

— J'espère que tu te trompes, Michaël. J'aurais cependant dû les en informer.

— Ne pense plus à ça… Songe plutôt que je te dois encore une petite tranche de bonheur. Comme ici elles ne sont pas nombreuses, crois-moi, je les apprécie de tout cœur.

— Tu es un charmeur, Michaël Dorais ! Pour que tu me pardonnes vraiment, je vais t'apporter ton souper. Ça nous donnera un peu de temps pour bavarder, dit-elle en refermant la porte de ma chambre.

Sitôt qu'elle a quitté ma chambre, je reprends ma place à la fenêtre et je regarde le plus loin que je peux. Je force mes yeux autant que j'en suis capable. Je voudrais voir au-delà de cette ville, au-delà des collines, loin, si loin, que je verrais la mer.

J'essaie d'oublier ces hommes en blanc dont je te parle si souvent, ce Gérard et les autres. Ce qui m'effraie, c'est que je suis certain qu'ils essaieront de se venger de l'humiliation que Régine leur a infligée. Qu'ils se vengent sur moi, je suis capable d'encaisser. Mais pas sur elle. Avec ce que Gérard lui a dit avant de quitter ma chambre, je crains que ces pleutres, ces lâches, se vengent aussi sur elle. Il ne faudrait pas, car s'ils touchent à un seul de ses cheveux, je te jure, même au risque de passer le reste de ma vie dans ce centre, que je leur ferai payer leur couardise.

Chapitre 8

Merci, docteur Fripon !

Cela t'est déjà arrivé que la vie aille plus vite que toi ? Que tout se bouscule, que tu ne saches plus où donner de la tête ?

Moi, ça m'est arrivé pas plus tard que ce matin. Une femme, une autre que je ne connais pas, est venue me voir. Elle est passée comme un coup de vent. Je ne peux pas me rappeler son nom. Elle me l'a dit, mais je l'ai oublié. Ce que j'ai retenu, c'est que dans quelques semaines, trois ou quatre peut-être, je commencerai une thérapie de groupe. Elle ne m'en a pas dit plus. J'aurais bien aimé qu'elle me précise ce qu'est une thérapie de groupe, mais elle semblait trop pressée. Je te l'ai dit, un vrai coup de vent.

Combien serons-nous ? Vais-je être obligé de raconter ce qui m'a amené ici ? Qui devra parler le premier ? J'espère que ce ne sera pas moi. Avant, je parlais beaucoup, surtout lorsque j'avais consommé.

Mais là, comme ça, devant des inconnus… Sûr que je ne serai pas le premier.

Toi, ne pas savoir, ça te dérange ? Moi, ça me fatigue beaucoup. Ça me fatigue parce que je suis incapable d'arrêter de penser. Je me questionne, encore et encore, mais je n'ai jamais de réponse. À la longue, ça me donne mal à la tête. Je ne veux pas avoir mal à la tête, car c'est à ces moments-là que tout s'embrouille, que je deviens hyper agressif et que je disjoncte. Il ne faut pas que cela m'arrive. Ça en serait fini de mes courtes périodes de liberté dans ma chambre. Je serais fait comme un petit lièvre au centre d'une meute de chiens errants. Il faut que j'arrête de penser à cette thérapie, que je fasse confiance aux spécialistes qui me traitent. À part Gérard et ses comparses, qui n'ont que de l'aversion dans le cœur, les autres, tous les autres, j'en suis certain, veulent m'aider. Même cette femme qui est passée en coup de vent, je suis certain qu'elle aussi veut m'aider. Sauf que le temps lui manque.

Je prends quelques respirations profondes et je relaxe du mieux que je peux. Je dois me construire un petit monde non agressant. Si je n'avais pas ces liens, ce serait certes plus facile. Il faut que j'y parvienne, que je réussisse.

Les yeux clos, je me retrouve au bord de la mer. Les vagues viennent une à une se perdre dans le sable fin. Des goélands et des mouettes piaillent au large. Le soleil est radieux, il me réchauffe. Un sentiment de bien-être s'empare de moi, je n'ai plus peur, je suis calme. Mes muscles se détendent. Je me laisse emporter comme une feuille au vent. Je frôle la surface de l'eau pour m'envoler ensuite, haut, très haut, pour aller rejoindre ces beaux oiseaux qui sillonnent le ciel. Je suis heureux, je vole comme...

Soudain, la porte s'ouvre avec fracas.

— Dorais, fais pas semblant de dormir. On sait que tu es réveillé !

J'ouvre les yeux. Gérard et ses deux acolytes sont devant moi, si près que, par réflexe, j'essaie de me reculer les pieds. Impossible, ils sont attachés. Que me veulent-ils ?

En une fraction de seconde, j'ai oublié cette thérapie qui me turlupine. Je suis revenu sur terre, dans ce centre de réhabilitation, attaché à ce fauteuil, immobile, impuissant. Ils sont là, tous les trois. L'heure de la vengeance a sonné. Ah, comme j'aimerais ne pas être attaché ! Je pourrais essayer de me défendre contre mes trois bourreaux.

Gérard me fixe avec un sourire méprisant et il avance d'un pas. Il pose son pied sur mes orteils. Il appuie fermement. J'ai mal, je serre les dents pour ne pas crier.

— Tu es moins baveux quand Régine n'est pas là, lance-t-il en accentuant la pression de son pied sur le mien.

— Arrêtez ! Vous allez me briser le pied !

Il me passe la main au visage. Eurk ! Ça pue ! Mais qu'est-ce que cette odeur fétide ? Sadique, il accentue la pression, il m'écrase le nez. J'ai la tête incrustée dans le dossier de mon fauteuil. J'ai mal. J'essaie de tourner la tête. Impossible, il est beaucoup plus fort que moi. J'ai la moutarde qui me monte au nez. Il faut que je me concentre. L'idée me traverse l'esprit comme un éclair. Ce n'est pas vrai que ce gros porc réussira à me faire disjoncter. À bout de ressources, je crie à m'en fendre l'âme.

— Au secours ! À l'ai… !

Je ne peux terminer mon mot. Il me bâillonne de sa grosse main sale et m'assène un violent coup de genou dans le bas-ventre.

— Que se passe-t-il ici ? demande le docteur Fripon, en faisant son entrée.

— Nous essayons de le calmer, Monsieur. Il est en pleine crise.

— Laissez-le et sortez, tous les trois ! Je vous reverrai en présence du responsable du service.

— Mais…

— Dehors, j'ai dit !

Gérard et ses deux sbires sortent, penauds.

— Merci, docteur, que je lui dis, haletant et des larmes plein les yeux. Pourquoi me détestent-ils autant ?

— Je vais les faire chasser de ce service. Je te le promets, tu ne les reverras plus jamais.

Cette phrase sonne comme une musique à mes oreilles. Plaise à Dieu qu'il dise vrai !

Je n'ai jamais vu mon psy dans un pareil état. Il est rouge comme un camion de pompier, il tourne en rond et, dans un geste vif, il rabat mon dossier sur mon lit.

— Mais quand aurons-nous enfin du personnel qualifié dans ce centre ? clame-t-il en levant les bras au ciel. Et moi qui venais t'apporter une bonne nouvelle, enchaîne-t-il sur un ton plus amical.

— Et vous pouvez me dire c'est quoi, cette bonne nouvelle ?

— Je venais te dire qu'à compter de la semaine prochaine, si le médicament que nous te donnons continue à être aussi efficace, tu seras libre de circuler librement dans cette chambre.

— Ce qui veut dire que je ne serai plus jamais attaché ?

— C'est bien ça.

— Je ne sais pas comment vous remercier. Si vous saviez, docteur, le plaisir que vous me faites !

— De voir le bonheur que tu dégages m'en donne une bonne idée.

Il me regarde en se tripotant le menton. Je suis inquiet. J'espère qu'il n'est pas en train de changer d'avis.

— Après les événements qui viennent de se produire avec ces trois vauriens, dit-il, sur un ton presque solennel, tu m'as démontré que le médicament que je t'ai prescrit donne les résultats escomptés. Un membre du personnel infirmier viendra te détacher dans une dizaine de minutes.

Je n'en crois pas mes oreilles. Je suis si heureux que des larmes me montent aux yeux.

— Je repasserai te voir le mois prochain. Tu auras sans doute commencé ta thérapie de groupe et nous parlerons de ton expérience.

— Vous pouvez me dire ce que c'est, une thérapie de groupe ?

— Bien sûr. Ce sont des rencontres de discussion à six ou sept. Vous échangez vos impressions sur vos expériences, sur ce qui vous a amenés à consommer et à vous enliser dans la drogue. Ces thérapies sont conçues pour vous faire prendre conscience que vous n'êtes pas seuls dans ce cas. Vous aurez aussi des conférences sur la croissance personnelle et sur bien d'autres sujets. Ce qui est intéressant dans cette démarche, c'est qu'après chaque conférence, vous avez l'occasion de questionner le conférencier ou de tout simplement discuter entre vous. Tu verras, ces rencontres t'aideront à retrouver le Michaël d'avant, le petit garçon aimant qui ne demandait qu'à être heureux.

— Je vais être obligé de dire pourquoi je suis ici ?

— Personne ne t'y obligera. Tu es le seul à décider des confidences que tu veux faire et, aussi, du moment que tu choisiras de les faire. Il faut que je parte, Michaël. J'envoie quelqu'un pour t'enlever tes liens.

— Et pour Gérard et les deux autres ?

— Je t'ai fait une promesse. Ils ne remettront jamais plus les pieds dans ce service.

Je suis tellement heureux de ce qui m'arrive. Je vais être libre, je ne verrai plus ces bourreaux et pour ce qui est de la thérapie, je m'en faisais vraiment pour rien.

Mon pied droit est très douloureux, mais avec les bonnes nouvelles que vient de m'apporter le docteur Fripon, ce n'est pas cette douleur qui viendra obscurcir mon bonheur !

Je regarde les sangles qui attachent mes poignets. Il y a plus de huit mois que je suis fixé à ce fauteuil. J'ai peine à croire que c'est vrai. Je ne serai plus détaché qu'en de courts moments, je le serai tout le temps.

Je suis certain que tu es aussi heureux que moi. Tu imagines ? Je pourrai faire tout ce que je veux. Me lever la nuit, lorsque je ne dormirai pas. Prendre un verre d'eau, lorsque j'aurai soif et aller au petit coin, lorsque... Ma vie dans ce centre ne sera plus jamais pareille. Je serai toujours prisonnier dans ma chambre, mais au moins, je ne serai plus vissé à ce siège multifonctionnel. Il me semble que les dix minutes sont largement dépassées. Je me demande ce que fait la personne qui doit venir me détacher. Sans doute y a-t-il eu une urgence, et qu'elle est dans l'impossibilité de venir tout de suite me libérer. Je pense à nouveau à tout ce que je pourrai faire lorsque je serai libre de mes mouvements. Même si cette attente me paraît un peu longue, je ne rechigne pas, car lorsque je serai détaché, je le serai pour de bon.

Lorsque s'ouvre la porte de ma chambre, je suis un peu déçu. Encore un nouveau que je ne connais pas. Je suis certain que tu devines qui j'aurais aimé voir apparaître dans cette embrasure afin de me libérer. Mais voilà, ce n'est pas elle. Je trouve, parfois, que je suis insatiable. Déjà qu'on me libère de ces maudites attaches devrait me suffire, tu ne penses pas ?

— Salut, Michaël, je m'appelle Jérôme. C'est aujourd'hui qu'on te débarrasse de tes contentions. Je ne te demanderai pas si tu es content, dit-il en me libérant les jambes.

— Tu peux me le demander, je suis super content !

— Cela a dû être de longs mois, attaché tout le temps comme ça ?

— C'est la première fois que je te vois. T'es nouveau ?

— Oui, je viens tout juste de terminer mon stage. Nous sommes une quinzaine de mon groupe qui avons été engagés dans ce centre. Il semblerait que l'établissement avait besoin de sang neuf.

— Tous dans ce service ?

— Oh non, nous ne sommes que deux. Ma copine Édith et moi. Je ne sais pas si tu l'as vue, elle travaillait la nuit dernière.

— Je l'ai vue, c'est elle qui s'est occupée de moi.

— J'ignore si tu vas me croire, mais Édith et moi, nous avons fait notre cours ensemble, nous avons été diplômés ensemble et nous avons aussi commencé le même jour et dans le même service.

— Pourquoi je ne te croirais pas ?

— Ben… C'est que ça fait beaucoup de coïncidences, et souvent les gens pensent que j'exagère.

— Ça t'arrive souvent ? que je lui demande pendant qu'il détache mon second poignet.

— Ben, parfois… Je pense qu'en améliorant les faits, ça les rend plus intéressants. Pas toi ?

— Je vais te dire, Jérôme, pendant que je consommais, j'ai tellement conté de mensonges que je ne me formaliserai pas pour quelques exagérations. Quoique maintenant, j'essaie le plus possible de m'en tenir à la stricte vérité.

Il m'adresse un grand sourire, comme pour me dire qu'il est tout à fait d'accord avec mon commentaire. Un petit quelque chose me dit que nous deviendrons de bons copains.

— Pour en revenir à Édith, tu l'as trouvée comment ?

— Pourquoi me demandes-tu ça ?

— Comme ça, juste pour faire la conversation

— Ce n'est pas par hasard parce que tu es un peu jaloux ?

— Pas le moins du monde, elle n'est qu'une copine. Comme je te le disais, nous avons fait notre cours ensemble. Au collège, on nous demandait une moyenne de soixante-dix pour cent pour l'ensemble des matières. Laisse-moi te dire que c'est du stock ! J'étudiais, mais ça ne rentrait pas. On aurait dit que plus j'étudiais, plus mes résultats étaient moches. J'en arrachais ! Heureusement que je l'ai eue. Elle m'a vraiment aidé.

— Aidé comment ?

— Elle m'a donné de la méthode. C'est drôle à dire, mais je me suis rendu au collège sans savoir étudier. J'ai mis des heures là que j'aurais pu facilement mettre ailleurs si j'avais eu un peu plus de méthode. Elle, elle ne retient rien par cœur. Elle se trouve des repères et c'est comme ça qu'elle retient. Elle m'a donné ses trucs, et, par la suite, j'ai fait mon cours sans forcer plus qu'il ne fallait.

— Comme tu m'as appris qu'elle n'était pas ton amie, laisse-moi te dire que je l'ai trouvée très gentille.

— Assez jolie aussi, ajoute-t-il, dans un sourire complice.

— Et même un peu plus.

— Tu ne te lèves pas ?

— Pas avant que tu sois sorti et que tu aies verrouillé la porte.

— En es-tu certain ?

— C'est la consigne, c'est écrit au dossier.

— Comme ça, je vais te laisser, tu es certainement impatient de te lever.

— Merci, Jérôme. Si tu reviens, tu frappes avant d'entrer pour que j'aie le temps de regagner mon fauteuil.

— C'est ce que je ferai. Je vais aussi consulter ton dossier, je pense que c'est ce qu'Édith me suggérerait, lance-t-il, en refermant la porte.

Édith, c'est joli comme prénom. Dit doucement, c'est comme une musique, Édith, Édith… Je suis content qu'elle soit de nuit toute la semaine. Avec elle, c'est sûr que je ne pâtirai de rien.

Je suis certain qu'à compter d'aujourd'hui, je quitte les enfers. Qu'il n'en tiendra qu'à moi pour que ma vie soit chaque jour un peu meilleure.

Chapitre 9

Le retour
de madame Coup-de-vent

J'avais vu juste. Avec Jérôme, Régine et Édith, qui viennent s'occuper de moi à tour de rôle, ma vie dans ce centre est vraiment meilleure. Ce n'est pas le bonheur, mais je suis beaucoup moins malheureux qu'avant.

Il y a au moins trois semaines que madame Coup-de-vent est venue m'annoncer une thérapie de groupe et depuis, pas de nouvelles. Quand débutera cette thérapie ? Reverrai-je cette dame afin qu'elle réponde à mes questions ? J'ai beau m'informer, personne ne sait quand elle repassera. Je suis certain qu'elle ne m'a pas oublié, que cette thérapie aura lieu, mais quand ? Ça, c'est long ! Ne pas savoir, ne pas avoir une date qui me permet de savoir combien de jours il me reste, ça me mine, ça m'exaspère. Avec ce que j'ai vécu dans ce centre, je m'attends vraiment à tout. Je ne serais pas surpris d'apprendre que cette attente fait aussi partie du traitement.

Une autre question ne me quitte pas une minute. Que me donnera cette thérapie ? Même si je fais confiance au docteur Fripon et qu'il m'a dit que cela allait m'aider à m'en sortir, personnellement, je l'ignore. Elle me permettra, c'est sûr, de rencontrer de nouvelles personnes, peut-être de me faire de nouveaux amis, mais ce n'est sûrement pas le but. Une thérapie, ce n'est pas une agence de rencontre. Des amis, je ne peux pas dire que j'en ai. M'en faire quelques-uns ne me nuirait certainement pas. Sûr qu'Édith, Régine et Jérôme sont très gentils, mais ils font partie du personnel soignant. Je ne peux pas attendre d'eux plus que d'être bien traité. Ils sont payés pour ça et ils le font très bien.

Je t'ai dit que c'était un homme de parole, le docteur Fripon ? Il m'avait promis que je ne reverrais plus Gérard et ses deux sous-fifres. Eh bien, je ne les ai pas revus et j'espère ne jamais les revoir. J'ai eu de la difficulté à marcher pendant presque deux semaines. J'avais le dessus du pied et les orteils tout bleus. J'ai pensé avoir quelques os brisés, mais, heureusement, ce n'était que des ecchymoses, comme dit Jérôme, qui aime à l'occasion rehausser la conversation de quelques mots savants. Il est vraiment aimable, celui-là. J'aime quand il travaille de jour, car à chacune de ses visites, il a quelque chose à me raconter. Il me fait rire, il a presque toujours une petite histoire un peu abracadabrante qu'il est sûrement le seul à croire. Je l'aime bien, il est distrayant… et dans cet endroit, les personnes distrayantes, il n'en pleut pas.

Hier, en après-midi, il est venu avec Édith et il m'a annoncé qu'ils sortaient ensemble. J'étais presque jaloux. J'aurais aimé être à sa place, mais… Ils sont restés une bonne heure à parler de choses et d'autres. Ç'a été réellement un bel après-midi. Quand ils sont partis, la tristesse m'a gagné. Je me sentais horriblement seul. J'aurais voulu qu'ils restent plus longtemps, jusqu'au souper. Impossible, ils avaient d'autres projets. Je trouve ça difficile, mais je comprends. Tu sais comme moi que je ne suis pas à l'hôtel. Les longues heures de solitude, d'attente et d'ennui font sûrement partie du prix que je dois payer pour ce que j'ai fait. Oui, cette horrible chose ! J'y pense tous les jours. Je voudrais être capable de remonter dans le temps et refaire cette malheureuse nuit où, dans un moment de folie, je suis devenu un assassin. Je ne peux pas prétendre que ce n'est pas ma faute. C'est ma faute ! C'est moi qui suis allé dans cette piquerie, c'est moi qui me suis drogué comme un malade, et c'est encore moi qui ai frappé comme un dément sur ce pauvre gars.

Le docteur Fripon m'a dit qu'il ne sert à rien de regretter, que les regrets sont inutiles, que je dois mettre mes énergies à me reconstruire, à apprendre à me pardonner et à vivre en regardant vers demain. Plus facile à dire qu'à faire, lorsqu'on a fait ce que j'ai fait. Je te jure qu'il n'y a pas une seule journée où les remords et les regrets ne m'assaillent pas. Je voudrais que ce ne soit pas vrai, que ce ne soit pas moi, mais, hélas, c'est vrai et c'est moi !

On frappe à ma porte, il faut que je regagne mon siège.

C'est Jérôme. Il est accompagné de madame Coup-de-vent.

— Bonjour Michaël, je me nomme Carmen Bruches. Nous nous sommes vus il y a quelque temps. Je regarde, c'était le cinq… déjà trois semaines ! C'est fou comme le temps file. Te souviens-tu de moi ?

— Je me souviens surtout que vous êtes restée à peine trente secondes.

— En es-tu bien certain ? Je me souviens que j'étais un peu pressée, mais il me semble que…

— Peut-être trente-cinq, si vous y tenez. Mais je suppose que vous ne venez pas juste pour ça ?

— Tu as tout à fait raison. Je viens t'expliquer en quoi consistera la thérapie de groupe que je t'ai annoncée lors de ma visite éclair.

— Mon psychiatre, le docteur Fripon, m'a expliqué en quoi consiste ce genre de thérapie.

— Il t'a expliqué ! Mais de quoi il se mêle, celui-là, dit-elle en lorgnant Jérôme.

Il pince les lèvres, soulève les épaules et il devient rouge comme un coquelicot.

— Tu n'es pas obligé de répondre, je demandais ça comme ça.

Elle fouille nerveusement le dossier qu'elle a entre les mains.

— Il ne faut pas que vous lui en vouliez. C'est moi qui lui ai demandé des renseignements. Cela me rendait nerveux de ne pas savoir en quoi consistait votre thérapie de groupe.

— Si Fripon te l'a expliqué, tu dois savoir que ce sera ta thérapie et non la mienne, ponctue-t-elle, l'air nerveux. Peux-tu me résumer ce qu'il t'a dit ?

J'ai de la difficulté à la trouver sympathique, mais je lui relate ce dont je me souviens. Elle semble satisfaite de ma mémoire.

— Je dois reconnaître qu'il t'a donné une très bonne information. Je vais tout de même lui en toucher un mot. La thérapie débutera lundi prochain. As-tu des questions ?

— Nous serons combien ?

— Sept, dont cinq garçons.

— Vous savez qui parlera le premier ?

— Sans doute celui ou celle à qui je demanderai de s'identifier, dit-elle en souriant.

— Vous savez que ce n'est pas ce que je vous demandais.

— En effet, je te faisais une petite blague. Je l'ignore, il arrive parfois qu'à la première séance, personne ne parle. Dans ce cas, ça va à la seconde. Comme te l'a dit le docteur Fripon, personne n'est obligé de parler. Il faut que tu t'ancres cela dans la tête, Michaël. En aucun temps ni moi ni quiconque ne t'obligera à parler. Il faut que ça vienne de vous, les participants. As-tu d'autres questions ?

— Vous allez revenir me voir avant que ça commence ?

— Je n'aurai pas le temps, nous nous reverrons lundi prochain, conclut-elle en me tendant la main.

Je suis surpris par son geste. Je reste figé dans mon fauteuil. Depuis que je suis interné dans ce centre, personne encore ne m'a tendu la main. Me ressaisissant, je lui tends la mienne, qu'elle empoigne avec beaucoup de vigueur.

— À lundi, Michaël. Fais-toi confiance, tout se déroulera très bien.

À nouveau seul dans ma chambre, je regarde ma main comme si elle avait été touchée par une extraterrestre. Toutes sortes d'idées me trottent dans la tête. Je n'en reviens pas, elle m'a donné la main, comme on le fait avec des personnes civilisées. Bizarre qu'elle m'ait dit de me faire confiance. Malgré son air et qu'elle soit toujours pressée, je suis certain qu'elle veut m'aider. Même si elle se formalise du fait que le docteur Fripon joue dans ses plates-bandes, elle dit la même chose que lui. Il faut que je m'aide moi-même. C'est certainement ce qu'elle voulait me rappeler, en me disant de penser à moi.

« On ne juge pas un crapaud à le voir sauter », disait ma mère, lorsque je posais des jugements hâtifs sur tout ce qui m'entourait. Elle aussi, madame Coup-de-vent, je l'ai jugée trop vite. Par surcroît, je l'ai vraiment mal jugée. J'en ai un peu honte. Faut croire que ma mère ne me l'a pas assez rabâché, qu'il ne faut pas juger. Sur ce point, elle avait raison et… sur bien d'autres aussi.

Malgré que je n'aie pas grand-confiance dans les choses nouvelles, et qu'elles m'effraient un peu, il me tarde quand même d'être à lundi. Ce n'est pas tellement pour ma première séance de thérapie, mais plutôt pour revoir cette madame Coup-de-vent. Je suis certain que nous allons bien nous entendre, et qu'elle fera tout pour m'aider. « M'aider à m'aider », comme ils disent, elle et le docteur Fripon. Comment ? Je l'ignore. Tout ce que je sais, c'est qu'un jour, je ne sais pas lequel, je me serai tellement aidé que je sortirai de ce foutu centre de réhabilitation.

Chapitre 10

J'ai la pétoche !

Hier, c'était mon anniversaire. J'ai eu vingt et un ans. Édith et Jérôme m'ont apporté un gâteau. J'étais content, mais j'étais triste aussi. J'aurais aimé être ailleurs pour mes vingt et un ans. Faire comme tout le monde, aller fêter dans une discothèque, chanter, danser, m'amuser avec mes amis. Le gâteau, je n'en ai mangé qu'un morceau. J'ai donné le reste à la personne qui distribue les collations. Elle m'a dit qu'elle le distribuerait aux autres patients.

Tu te souviens de ma thérapie de groupe ? Elle a débuté un lundi. Eh bien, il y aura dix-sept mois, lundi prochain, que j'y participe. Carmen Bruches, tu sais madame Coup-de-vent, elle dit que je fais de grands progrès. Que je suis sur la bonne voie.

Tu te souviens, je t'avais dit que cette thérapie me permettrait de me faire de nouveaux amis. Je m'entends bien avec tous les membres du groupe, mais celle que je préfère, c'est Mélanie Lafleur. Elle est vraiment *tripante*. Elle me fait beaucoup rire et elle a toujours un mot pour m'encourager lorsque je trouve que les choses ne progressent pas assez vite. Outre qu'elle est drôle, elle est très jolie. Je ne le dis qu'à toi, Mélanie, c'est ma petite amie. Lorsque nous serons sortis de ce centre, nous serons amoureux pour toujours. Si je sors avant elle, je viendrai lui faire une visite. Si c'est elle qui sort, car ici, on ne sait jamais, elle m'a promis qu'elle aussi viendra me voir.

Je vais te confier un secret. L'autre jour, je l'ai embrassée. Je sais que c'est défendu par le règlement, mais nous étions juste tous les deux. J'avais déjà embrassé des filles, mais aucune n'embrassait comme Mélanie. Je suis certain qu'elle est la fille qui embrasse le mieux du monde !

Il y a six mois que je peux circuler librement dans tout le service. Quand le docteur Fripon m'en a donné l'autorisation, j'étais si heureux que j'ai passé presque toute la première semaine dans le couloir. Je lorgnais dans les chambres afin de savoir qui les occupait. Dans ce service, il y a vingt-trois chambres, deux salles de bains communes, un poste de garde entièrement vitré, un grand salon avec un téléviseur couleur de vingt-sept pouces ainsi que trente et une chaises-fauteuils vissées au plancher, alignées comme des petits soldats de plomb.

Même si je n'y suis plus confiné, je ne quitte presque jamais ma chambre et je demande que ma porte demeure fermée. Le personnel soignant, qui est de plus en plus gentil avec moi, m'incite à fréquenter le grand salon, mais j'aime mieux pas. Les autres patients sont trop curieux, de vraies belettes ! Ils me harcèlent de leurs questions. Ils veulent savoir pourquoi j'ai été interné dans ce centre. Moi, je dis que cela ne les regarde pas. J'ai raconté mon histoire en thérapie et c'est suffisant.

— Puis-je entrer ? me demande Régine en entrebâillant la porte de ma chambre.

Elle n'est pas obligée de me le demander, mais elle est tellement gentille et délicate. Avec elle, j'ai l'impression d'être comme tout le monde. Elle ne me considère pas comme un criminel. Elle me considère comme une personne qui a eu des problèmes et qui essaie de guérir.

— Michaël, je crois que ton dossier avance. Demain après-midi, une personne du service de probation, attachée au cabinet du procureur de la couronne, viendra te voir.

— Qu'est-ce que tu me dis là ? que je demande, nerveux.

— Rien de plus que ce que je viens de te dire, Michaël. Demain, tu auras une visite importante. Cette personne dont je te parle viendra pour préparer ton rapport présentenciel.

— C'est quoi, un rapport *présentenciel ?*

— C'est un rapport qui permet au juge de mieux connaître la personne qu'il a devant lui et qui l'aide à prendre la meilleure décision.

— Ce qui veut dire que je repasserai bientôt devant un juge ?

— Ça ressemble à ça.

— Je ne sais pas pourquoi, Régine, mais j'ai peur ! Le juge, il ne sait pas tous les efforts que j'ai faits depuis que je suis dans ce centre.

— Ne crois-tu pas que cette rencontre est une bonne occasion d'expliquer à cet agent carcéral tout le chemin que tu as parcouru ?

— Toi, Régine, tu ne pourrais pas lui expliquer tous les progrès que j'ai faits depuis que tu t'occupes de moi ?

— Ce n'est pas mon rôle, et je suis certaine que ce n'est pas moi que cette personne veut entendre.

— Tu crois vraiment que ce rapport changera quoi que ce soit dans la décision du juge ?

— Je vais te dire, Michaël, je crois en la justice. Je suis certaine que si la Cour demande un rapport présentenciel, le juge s'en inspirera pour rendre sa décision.

— Si tu me le dis, mais il n'en demeure pas moins que je suis inquiet. Je n'ai malheureusement pas cette confiance que tu as en la justice.

— Je comprends tes réticences, mais il faut que tu penses que le docteur Fripon, madame Bruches et le personnel infirmier feront des rapports qui vont sûrement plaider en ta faveur. Ton rôle est de rencontrer cette personne et de lui dire tout ce que tu as fait pour te sortir de la dèche.

Ils ont encore fait des compressions de personnel dans le service. Régine, comme tous les autres, est de plus en plus pressée. Étant demandée ailleurs, elle me quitte en me laissant, comme à chacune de ses visites, un merveilleux sourire.

Je suis certain que tu l'as remarqué, j'ai sérieusement la pétoche ! Même les encouragements de Régine et son merveilleux sourire n'y changent rien. Il me tardait que ce moment arrive, mais maintenant qu'il se présente, je n'en veux plus. J'ai trop peur de ce que ce juge va dire. Comme toujours, Régine a raison. Je ne peux pas refuser de rencontrer cet agent carcéral, ce serait courir à ma perte.

Pendant toute la soirée, une seule idée me trotte dans la tête, cette fichue rencontre. Je suis certain que je serai incapable de dormir. Afin d'éviter de passer une nuit blanche à ronger mon frein, je demande à l'infirmière de garde de me donner un somnifère.

* * * * *

C'est toujours dans ces moments-là que cela m'arrive. Malgré le somnifère, je n'ai pas réussi à fermer l'œil de la nuit. J'ai les yeux cernés jusqu'aux genoux et je suis doux comme un hérisson !

Comme elle me l'avait promis, Régine est venue me voir. Malgré sa gentillesse et son réconfort, j'ai toujours cette peur atroce qui me serre la gorge. Je voudrais que ce rendez-vous soit reporté à demain ou à un autre jour, mais ce n'est pas moi qui décide. Dans une vingtaine de minutes, l'agent carcéral sera là.

Chapitre 11

Le verdict

Félix-Antoine Grenon, dit Du Tremblay. Ce n'est pas une blague, c'est lui, le monsieur du cabinet du juge qui vient me rencontrer au sujet de mon rapport présentenciel. Impossible de te dire comment je me sens. L'homme qui est devant moi devrait être à la retraite depuis des années. Je suis certain qu'il a l'âge de mon grand-père ! Je n'aurais jamais cru qu'au cabinet du juge, il y avait des fonctionnaires qui travaillaient aussi longtemps. Il a refusé que Régine reste. Il lui a demandé de se retirer, alléguant la confidentialité de son intervention.

— Bonjour, Michaël, me dit-il en me tendant la main. Tu sembles bien nerveux. Détends-toi ; tu verras, tout ira bien.

Sans dire un mot, je lui tends aussi la main. Je le regarde droit dans les yeux. Il m'adresse un sourire bienveillant et il me demande de m'asseoir afin que nous discutions. Il a presque le même timbre de voix que le docteur Fripon. Il a aussi à peu près le même âge. Cela me rassure. Il me semble moins vieux qu'à son arrivée. J'ai fait la même bourde que dans le cas de madame Coup-de-vent. J'ai encore fait la même erreur, j'ai jugé trop vite. Vais-je un jour me corriger ?

Après m'avoir expliqué son rôle et le but de notre rencontre, il me demande de lui parler de mon enfance, de mes amis d'alors, de ma fugue ainsi que de ma vie à Montréal.

Je bafouille, tout se mêle dans ma tête. J'ai momentanément perdu la mémoire. C'est affreux ! Je suis en train d'anéantir la seule chance que j'ai de lui démontrer tous les progrès que j'ai faits et de lui prouver que je suis pratiquement guéri.

— Michaël, essaie de te ressaisir, dit-il calmement.

— Je ne sais pas ce qui se passe, je vous jure, monsieur, que je n'ai jamais été comme ça.

— Sais-tu pourquoi tu es aussi nerveux ?

— Je ne sais trop… Peut-être parce que je veux être parfait et vous impressionner. Je sais que le rapport que vous ferez est super important et que si je rate mon coup, le juge pensera que je suis encore dangereux.

— Tu t'en fais plus qu'il n'en faut, Michaël. Raconte-moi tout simplement les choses dont tu te souviens. Tu n'as aucune chronologie à respecter, tu me racontes ça comme ça te vient. Et pour ce qui est de m'impressionner, oublie ça, c'est déjà fait.

— Que voulez-vous dire ? que je demande, troublé par cette dernière assertion.

— J'étais à ton procès, et si je n'avais pas la preuve que tu es Michaël Dorais, j'aurais peine à le croire. Crois-moi, tu es presque méconnaissable. Et ça, ça m'impressionne. J'en crois à peine mes oreilles. Il me connaît, il m'a vu lorsque j'étais dans la dèche. Malgré ça, il ne me juge pas, il est prêt à m'écouter. Je suis heureux ! Du coup, un poids d'une centaine de kilos quitte mes épaules. Je peux finalement lui raconter sans aucune crainte les périodes de ma vie qu'il veut entendre.

Il a passé plus de trois heures avec moi, m'écoutant attentivement, me demandant de lui préciser quelques détails et prenant souvent des notes aux fins de son rapport.

Depuis plus d'une semaine, je ne vis plus. Je fais le décompte des jours… Et voilà ! C'est aujourd'hui que je comparais devant le juge. C'est un véhicule cellulaire du pénitencier qui vient me chercher au centre de réhabilitation. Je suis menotté aux mains et aux pieds. Le docteur Fripon est là, assis juste devant moi. Jérôme est l'infirmier qui m'accompagne. J'aurais préféré que ce soit Régine, mais le centre a décidé que l'escorte médicale serait assurée par un homme. Deux gardiens m'escortent, m'encadrant sur le banc étroit sur lequel je prends place.

— Vous pouvez lui enlever les menottes, suggère le docteur Fripon. Je peux vous garantir qu'il n'est pas dangereux.

— Il reste menotté, rétorque l'un des deux gardes. C'est le règlement.

— Même si je vous assure qu'il ne représente aucun danger, il demeure tout de même menotté ? insiste mon psychiatre.

— Le règlement est le règlement. Il reste menotté.

J'adresse un léger sourire au docteur Fripon afin de le remercier pour sa sollicitude. Je ne souris que pour la forme, car je me fous éperdument d'être menotté ou pas. La seule pensée qui m'obsède est ma comparution devant le juge. Je souhaite qu'il ait lu tous les rapports concernant les progrès que j'ai faits au cours de ces deux dernières années, celui de monsieur Grenon, dit Du Tremblay, celui du docteur Fripon, de madame Bruches et celui du personnel infirmier aussi. J'ai conscience que je suis voué à une condamnation, mais laquelle ? Je prends conscience, comme jamais, que les regrets sont inutiles. L'heure est à la sentence. « Que la justice poursuive son cours », comme le disent si aisément ceux qui ne sont pas dans le box des accusés. Je ne dois pas leur en vouloir. C'est moi qui ai tué ce garçon !

Le wagon cellulaire s'immobilise devant un immeuble qui n'en finit pas d'être énorme. C'est là que je recevrai le verdict. Que je saurai ce qu'il adviendra des prochaines années de ma vie. Si tu savais comme j'ai la trouille ! Je voudrais être tout petit, refaire ma maternelle, être obéissant, ne jamais dire de gros mots et avoir des amis de mon âge. Il est hélas trop tard. Dans moins d'une heure, le juge aura tranché.

Nous sommes dans une petite salle absolument déserte. Il n'y a que les deux gardiens qui ne me quittent pas d'une semelle, Jérôme et le docteur Fripon ayant pris place sur des sièges inoccupés.

Un homme qui porte une toge entre en coup de vent et se dirige droit vers moi.

— Vous êtes Michaël Dorais ?

— Oui, que je réponds, un peu surpris de son interrogation.

— Je m'appelle Bernard Ledoux. Je suis avocat et c'est moi qui ai été désigné afin de vous représenter. Enlevez-lui ces menottes, dit-il en avisant les deux gardiens.

Une porte s'ouvre toute grande et un homme à la tignasse grise entre en me jetant un regard qui me glace. Il est précédé par une femme, un peu boulotte, qui tient un dossier, qu'elle lui remet avant de prendre place entre lui et nous.

— Levez-vous, me dit mon avocat, c'est monsieur le juge Corneau.

Sitôt le juge assis dans son fauteuil de magistrat, mon avocat m'indique que je peux m'asseoir et attendre que monsieur le juge m'interroge avant de dire quoi que ce soit. Il n'a pas à s'inquiéter ; je suis si nerveux que je me demande si un son sortirait de ma bouche si j'essayais.

— Michaël Dorais, me dit gravement le magistrat, il y a un peu plus de deux ans, cette cour vous a reconnu coupable du meurtre, sans préméditation, de Jean-René Savoie. Vous êtes ici aujourd'hui pour entendre la sentence qui sanctionnera le crime que vous avez commis.

— Votre Honneur, clame maître Ledoux, plaise à cette cour que je lui explique tous les progrès que mon client a faits depuis ce malheureux accident.

— Ce ne fut pas un accident, tranche le juge Corneau. Si tel avait été le cas, vous ne seriez pas devant moi. Assoyez-vous. Si la Cour requiert vos lumières, comptez sur nous pour vous en informer.

— Ne vous en faites pas Michaël, j'interviendrai un peu plus tard. Je connais ce juge, il n'aime pas être interrompu, me chuchote-t-il, sans doute pour m'encourager en regard de ses futures interventions.

— J'ai, devant moi, quatre rapports rédigés à ma demande. Trois proviennent de praticiens ou de spécialistes du centre de réhabilitation de Loumie-sur-Mer et un autre, de monsieur Grenon, dit Du Tremblay. J'ai lu attentivement ces écrits et tous sont unanimes pour dire que vous avez fait, depuis le début de votre réhabilitation, des progrès énormes. Que vous ne représentez plus un danger pour la société. Il n'en demeure pas moins que vous avez frappé sauvagement un de vos semblables, ce qui a entraîné son décès. C'est sur ce crime que cette cour se penche et c'est pour ce crime que vous serez jugé.

— Votre honneur, ose à nouveau mon représentant.

— Maître Ledoux ! C'est la dernière fois que vous m'interrompez. Assoyez-vous !

Il s'assoit, piteux, n'osant trop me regarder.

— Je disais donc, avant que votre procureur n'intervienne, que c'est pour ce crime que vous serez jugé. Les rapports positifs que j'ai lus sont à votre honneur, car ils démontrent votre volonté de reprendre votre place dans la société. Cependant, aucun d'eux ne vous disculpe ou explique les motivations qui vous ont poussé à commettre ce crime. Je dois aussi ajouter que pour l'administration de la justice pénale, tous ces beaux rapports n'ont qu'un poids très relatif. Certaines mauvaises langues disent même, hors de ces murs, qu'ils ne pèsent guère plus que le poids du papier sur lesquels ils sont écrits.

Je suis sidéré. J'en crois à peine mes oreilles. Mais à quoi ont servi tous ces rapports ? Je voudrais bondir sur ce juge qui ne comprend rien à ma vie. Et mon avocat qui n'intervient pas !

— Maître Ledoux, avez-vous quelque chose à apprendre à cette cour avant qu'elle ne rende son verdict ?

— Comme votre honneur me le permet, j'aimerais lui faire remarquer que tous les rapports que j'ai en main sont unanimes à dire que mon client a fait depuis ces deux dernières années...

— Maître Ledoux ! Je vous ai demandé si vous aviez quelque chose à apprendre à cette cour. Avez-vous d'autres faits que ceux qui sont relatés dans les rapports concernant votre client ?

— Eh bien, j'aimerais présenter à cette cour certains éléments de ces rapports afin que votre honneur puisse en évaluer toute l'importance et…

— Maître, avez-vous des choses autres que les faits ou mentions contenues dans ces rapports ?

— Non, monsieur le juge, mais…

— Assoyez-vous, la Cour vous a entendu. Vous, monsieur Dorais, voulez-vous me dire quelque chose avant que je rende mon jugement ? dit-il, sur un ton plus rassurant.

— Monsieur le juge, que je dis d'une voix à demi étranglée, je sais que tous mes regrets et même tous les regrets de la terre ne pourront redonner la vie à ce pauvre gars que j'ai tué dans un moment d'intense consommation. Je sais aussi que même si j'étais drogué, je suis responsable de cet acte, car c'est moi qui ai décidé de consommer, personne ne m'y ayant forcé. Ce que je demande à cette cour, ce n'est pas l'absolution totale, car je sais que je mérite un châtiment, mais plutôt qu'elle soit clémente en tenant compte des efforts que j'ai consentis pour me réhabiliter.

Le juge me regarde longuement. Ma gorge se serre. Je crois que je vais étouffer, que mon cœur va cesser de battre. Continuez, je vous en supplie, que je me dis.

— Rendre justice n'est pas chose facile. D'une part, je dois tenir compte des progrès faits par l'accusé au cours des deux années passées dans le centre de réhabilitation psychiatrique de Loumie-sur-Mer et qui ont m'ont été relatés dans chacun des rapports soumis, de son réel repentir et de son désir de réhabilitation. D'autre part, je dois aussi tenir compte de la gravité de l'acte qui lui est reproché. Il y a eu mort d'homme et, même si certaines circonstances peuvent paraître atténuantes, il est, comme il l'a lui-même admis, coupable de cet acte. Après avoir longuement réfléchi et consulté la jurisprudence, la Cour condamne l'accusé, Michaël Dorais, à sept ans d'incarcération devant être purgés dans un pénitencier fédéral.

Interloqué par cette décision, je reste coi. Les jambes me manquent et je m'affale sur ma chaise.

Sans rien ajouter, le juge se retire et un gardien me saisit par le bras.

Table des matières

Achevé d'imprimer
en octobre deux mille cinq, sur les presses
de l'imprimerie Gauvin, Gatineau, Québec

THE
INDEX INSECTS

BY MICHAEL DAHL
ILLUSTRATED BY PATRICIO CLAREY

Raintree is an imprint of Capstone Global Library Limited, a company
incorporated in England and Wales having its registered office at 264
Banbury Road, Oxford, OX2 7DY – Registered company number:
6695582

www.raintree.co.uk
myorders@raintree.co.uk

Designed by Hilary Wacholz
Original illustrations © Capstone Global Library Limited 2021
Originated by Capstone Global Library Ltd

978 1 3982 0330 3

British Library Cataloguing in Publication Data
A full catalogue record for this book is available from the British Library.

CONTENTS

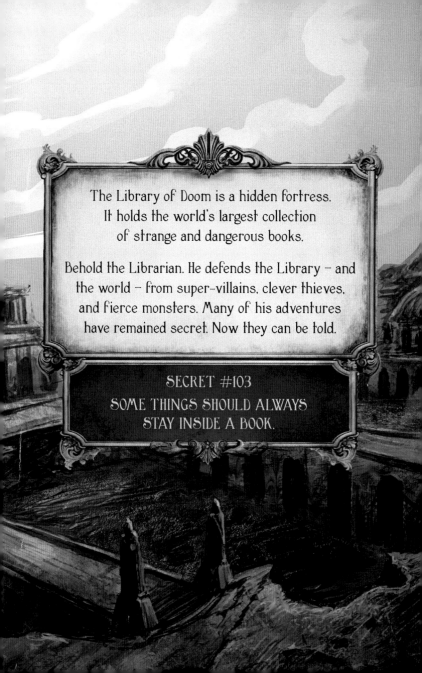

The Library of Doom is a hidden fortress.
It holds the world's largest collection
of strange and dangerous books.

Behold the Librarian. He defends the Library – and
the world – from super-villains, clever thieves,
and fierce monsters. Many of his adventures
have remained secret. Now they can be told.

SECRET #103
SOME THINGS SHOULD ALWAYS
STAY INSIDE A BOOK.

Chapter One

A BOOK FROM THE CLOUD

Hot winds **BLOW** through the desert. The sky fills with tall clouds of dust and sand.

The clouds GLOW an angry red and orange.

But then another cloud **MOVES** into the sky.

The cloud is purple and **SPINS** like a whirlpool.

Lightning FLASHES inside it, but there is no thunder.

Suddenly, a hole opens in the bottom of the cloud. A small, dark object shoots out of the hole.

WHOMP!

The object lands on the sand. It is an ANCIENT book.

A single letter fills the cover.

The purple cloud disappears in a **BURST** of wind.

The wind **BLOWS** open the cover of the book. Pages flutter back and forth.

The pages stop at the back of the book. It is open at the index.

The index has a list of topics that are inside the book.

Next to the word *INSECTS*, something starts to POKE out from the page.

It is a long, dark leg that looks like an exclamation mark.

The leg belongs to a **GIANT** insect. The creature crawls out of the book.

Chapter Two

FLYING DEATH

The insect FLIES high above the
sand. Its wings look like an X in the air.
Its long stinger flashes with lightning.

More insects **SQUEEZE** out of the
index page.

BBBZZZZZZZZZZZZZZZZZZ!

The sky fills with a GOLDEN swarm of insects. They are looking for food.

The index insects fly towards a small farm.

The farm has rows of orange trees.

The swarm **SWOOPS** down.

Soon the trees are covered with the golden, **BUZZING** mass.

The insects **CHEW** the branches. They devour the tree bark.

The creatures sting the trunks with their lightning stingers.

ZZZZZRT!

The orange trees are now black and **TWISTED**.

All the leaves and oranges have fallen onto the ground.

The swarm FLIES back into the sky.

Two men step out from a nearby farm building. They see the **DEAD** trees. They shout in anger.

The flying insects hear them. They rush down to ATTACK.

BBBZZZZZZZZZZZZZZZZZZ!

Chapter Three

THE MOVING SWARM

The men **RUN** back inside the farm building. They lock the heavy metal door.

"They can't get through that!" says one of the men.

The other man points over his friend's shoulder. "The windows!" he **SCREAMS**.

SKKRAASSSSSSSSSSHHHHHH!

The huge insects **CRASH** through
the windows.

The fearful men crouch on the floor.
The creatures fly closer and closer.

Then the insects stop. They *TURN*
their GOLDEN heads.

The insects can smell something off
in the distance. They smell paper, and
paper is their favourite food.

¤ ¤ ¤

A mobile library *SPEEDS* down a bumpy dirt road.

A young woman drives the van filled with books. Her two young children are with her.

As the woman **TURNS** onto another dirt road, she stops.

Is that a storm cloud? she wonders. Then she sees what it really is.

It is the **DARK** swarm of insects flying towards the mobile library.

Chapter Four

MOBILE LIBRARY HORROR

"Children!" the woman **SHOUTS**. "Behind the bookshelves. Now!"

The children are confused. "What's wrong?" asks her son.

"Hurry!" she orders. "NO time for questions."

The woman looks out at the swarm. It is getting **CLOSER**. Then she sees another shape in the sky.

It looks like a man.

Before the children have a chance to hide, the huge insects ATTACK.

THUD! CRUNCH!

Buzzing bodies smash into the sides of the mobile library.

The insects smell the paper in the books. Nothing will **STOP** them from feeding.

Insects begin **CRAWLING** through a broken window. The children scream in terror.

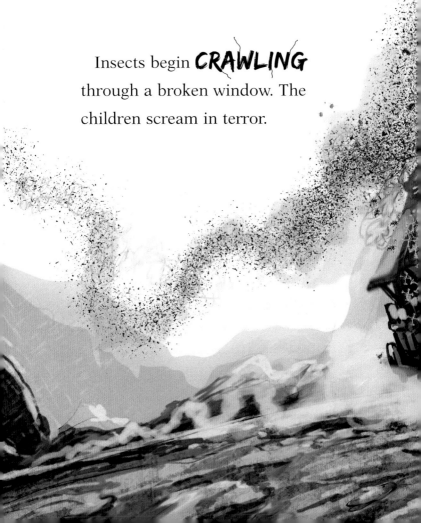

Chapter Five

AT THE BACK

A man's voice **SHOUTS** from above. "Do not fear!" he says.

It is the LIBRARIAN.

He keeps the world safe from dangerous books.

And he hunts down the **EVIL** that crawls out of such books.

He has been hunting the mysterious X book for days.

Suddenly, the insects turn away from the mobile Library. They circle around the Librarian!

ZZZZZZ-ZZZZZZZZZZ!

Golden lightning FLASHES from the insects' stingers.

Sunlight shines off their golden wings.

The Librarian is **BLINDED** by the brightness.

The **DEADLY** stingers come closer.

Then another voice crashes through the sky. "Librarian!" says a woman.

It is the SPECIALIST. She is another hero from the Library of Doom.

The Specialist pulls a page from her suit.

The hungry insects smell the paper. They **RUSH** towards it.

"Where do you find an index?" asks the Specialist.

"At the back, in a book," says the Librarian.

"Back in the book!" **SHOUTS** the Specialist.

She holds out the page. It is from the X book's index.

The index insects **ZOOM** back into the page.

One by one, they DISAPPEAR into the paper.

Then the Specialist CRUMPLES up the page in her fist. "The insects have made their exit," she says.

"I'd say they are EXTERMINATED!" adds the Librarian.

The family runs out of the van and cheers. The children wave as the two heroes fly away.

Warm winds **BLOW** across the desert, and the dusty storm clouds clear.

GLOSSARY

ancient very old

creature living thing, often a strange one that is not like other animals

devour eat all of something quickly, as if very hungry

disappear pass out of sight

exterminate get rid of completely

index list of topics that appear in a book with the page numbers where each topic can be found; the index is usually at the back of the book

mobile library van full of library books; mobile libraries travel to places that don't have a library building, to ensure everyone can borrow books

swarm large group of insects moving together

swoop fly downwards suddenly

whirlpool spot in water that moves quickly in a circle

TALK ABOUT IT

1. The X book fell from a cloud. Go to the start of the story and look for ways the text hints that the cloud isn't ordinary, even before it drops the mysterious book.

2. Have you ever used a book's index to find information? Why or why not? Was it helpful?

WRITE ABOUT IT

1. Imagine you are in the mobile library when the insects attack. What would you do? Would you try to defeat the bugs? Would you try to escape? How? Write about your adventure.

2. What other deadly insects might be hiding in the X book? Research and write about a real insect, or make up your own. What does it eat? What is special about it?

ABOUT THE AUTHOR

Michael Dahl is an award-winning author of more than 200 books for young people. He especially likes to write scary or weird fiction. His latest series are the sci-fi adventure Escape from Planet Alcatraz and School Bus of Horrors. As a child, Michael spent lots of time in libraries. "The creepier, the better," he says. These days, besides writing, he likes travelling and hunting for the one, true door that leads to the Library of Doom.

ABOUT THE ILLUSTRATOR

Patricio Clarey was born in 1978 in Argentina. He graduated in fine arts from the Martín A. Malharro School of Visual Arts, specializing in illustration and graphic design. Patricio currently lives in Barcelona, Spain, where he works as a freelance graphic designer and illustrator. He has created several comics and graphic novels, and his work has been featured in books and other publications.